Alex Capus

Mein Nachbar Urs

Geschichten
aus der Kleinstadt

Carl Hanser Verlag

Diese Geschichten sind als
wöchentliche Kolumnen 2011 bis 2013
im Oltner Stadt-Anzeiger erschienen.

2 3 4 5   18 17 16 15 14

ISBN 978-3-446-24468-9
© Carl Hanser Verlag München 2014
Alle Rechte vorbehalten
Satz im Verlag
Druck und Bindung: Friedrich Pustet, Regensburg
Printed in Germany

Inhalt

Mein Nachbar Urs 7

Vitamin D 15

Die Chinesen 23

Das Leben ist lang 29

Herbert 35

Räuber und Poulet 39

Die Schönheit der Frau 49

Scheidung 53

Ein geostationärer Jetlag 57

Am Bahnhof 63

Olten Road 71

Zwei Oltner Buben in der Fremde 79

Baby 91

Mein französischer Bistrostuhl 93

Kamele und Kokosnüsse 97

Vom Sirren der Gleise 105

Mein Ausflug mit Prinz Charles 111

Mein Nachbar Urs

*I*ch habe fünf Nachbarn, die mit Vornamen Urs heißen. Der erste Urs wohnt schräg gegenüber von mir, unsere Gärten stoßen aneinander. Wenn ich morgens auf meinem Balkon Zeitung lese, kann ich ihn sehen, wie er in seiner Küche sitzt und Kaffee trinkt. Natürlich gucke ich nicht. Ich schaue nur kurz, ob er da ist, dann lese ich wieder Zeitung.

Hinter dem Haus des ersten Urs führt die Elsastraße durch. Dort fährt jeden Morgen um zwanzig nach sieben der zweite Urs auf seinem Rad vorbei. Am Ende der Straße biegt er rechts ab zum Bahnhof, wo er den 07:32-Uhr-Zug nach Bern nimmt. Er ist Jurist im Bundesamt für Veterinärwesen. Abends spielt er Bassgitarre in einer Hillbilly-Band.

Der dritte Urs ist Chemielaborant in einer Fabrik, die Sonnencreme herstellt. In seiner Freizeit restauriert er italienische Motorroller, die er uns Nachbarn freigebig ausleiht, wenn wir Lust auf eine Spritzfahrt haben. Seine Frau Sandra ist Lehrerin im Froheimschulhaus. Ihr gemeinsamer Sohn Tobias geht mit unserem Louis in den Kindergarten.

Der vierte Urs ist geschieden und wohnt allein in einem zu groß gewordenen Haus. Am Tag, an dem seine Frau die Koffer packte, hat er erstmals nach Jahren wieder eine Packung Camel gekauft. Ohne Filter. Seither unterhält er häufig wechselnde Liebschaften und ist starken Stimmungsschwankungen unterworfen.

Der fünfte Urs versorgt uns alle mit ausgezeichnetem Birnenschnaps, den ein Onkel von ihm auf einem abgelegenen Hof im Entlebuch schwarz brennt. Man bringt ihm zwanzig Franken und eine leere Cola- oder Sinalcoflasche, ein paar Tage später stellt er einem den Schnaps vor die Tür.

Dann gibt es in unserer Nachbarschaft noch einen sechsten Urs, aber der will nicht, dass ich über ihn schreibe. Also sage ich, es seien nur fünf Urse.

Oft treffe ich meine Urse auf dem kleinen Kiesplatz an der Elsastraße, wo wir ein paar Stühle, einen Tisch und einen Grill aufgestellt haben. Wir führen kurze Gespräche über den Fahrradlenker hinweg oder trinken zusammen ein Glas. Dabei erfahre ich die interessantesten Sachen.

Letzten Samstag zum Beispiel hat mir der dritte Urs zur Kenntnis gebracht, dass es auch unter Gehörlosen Stotterer und unerträglich langweilige Redner gibt, die einfach zu wenig Pfiff im Ausdruck ihrer Hände und Gebärden haben.

Tags darauf habe ich vom ersten Urs erfahren, dass der

typische Kopfschmuck der Indianer – Stirnband mit Feder – eine Hollywood-Erfindung ist. Zur Pionierzeit des Westernfilms waren die in Kalifornien verfügbaren Indianer-Darsteller ebenso kurzhaarig wie die Cowboy-Schauspieler, deshalb musste man sie mit Perücken ausstatten. Und damit das Kunsthaar während der Kampfszenen nicht verrutschte, befestigte man es mit federgeschmückten Stirnbändern an den Schädeln.

Vorgestern hat mir der fünfte Urs berichtet, dass in Paris die Chinarestaurants, die in den Achtzigerjahren zwecks Verpflegung der Touristen wie Pilze aus dem Boden geschossen waren, jetzt eins ums andere zu Sushi-Lokalen umgestaltet werden. Die Angestellten in Küche und Service bleiben dieselben, sie erhalten nur neue Kostüme; traten sie zuvor als Chinesen auf, verkleiden sie sich jetzt als Japaner. Die Touristen sehen keinen Unterschied. Schlitzauge ist Schlitzauge.

In diesem Zusammenhang berichtete der vierte Urs, dass in allen Tätowierstudios weltweit die chinesischen Schriftzeichen für »Weisheit« und »Gelassenheit« zu den beliebtesten Motiven gehören. Das Problem ist nur, dass außerhalb Chinas kaum ein Tätowierer des Chinesischen mächtig ist, weshalb die Schriftzeichen oft spiegelverkehrt von der durchgepausten Vorlage auf die Haut gestichelt werden.

Und heute, als ich wiederum mit dreien meiner Urse auf dem Kiesplatz stand, ging's um Eichhörnchen.

»Weißt du, wieso es im Stadtpark keine Eichhörnchen mehr gibt?«, fragte der erste Urs. »Die Katzen haben sie gefressen.«
»Meinst du?«, sagte ich.
»Natürlich«, sagte Urs. »Je mehr Katzen, desto weniger Eichhörnchen.«
»Es gibt wirklich zu viele Katzen«, sagte der zweite Urs. »Früher hatten die Leute Kinder. Jetzt haben sie Katzen.«
»Je mehr Katzen, desto weniger Kinder«, sagte der erste Urs.
»Was habt ihr gegen Katzen?«, fragte ich. »Fressen die wirklich Eichhörnchen?«
Urs schaute mich an. »Eichhörnchen sind Nagetiere«, sagte er. »Für eine Katze ist ein Eichhörnchen nichts anderes als eine Maus oder eine Ratte. Oder ein Maulwurf.«
Da kam der dritte Urs herbei und stellte seine Einkaufstaschen ab. »Und die Blindschleichen – wieso haben wir keine Blindschleichen mehr in unseren Gärten?«
»Wegen der Katzen?«
»Natürlich«, sagte der dritte Urs.
»Je mehr Katzen, desto weniger Eichhörnchen, Blindschleichen und Kinder.«

»Klingt ganz so, als ob Katzen auch Kinder fressen würden.«

»Und Eidechsen«, sagte der zweite Urs.

Nun stieß auch der vierte Urs dazu. »Wisst ihr, wo der Urs ist?«, fragte er. Er meinte den fünften Urs. Wir schüttelten die Köpfe.

»Du, Alex«, sagte er und deutete mit dem Kinn auf mein Velo. »Du solltest die Reifen an deinem Fahrrad wieder mal aufpumpen.«

»Ach ja?«

»Du fährst nächstens auf den Felgen.«

»Das heißt Pneu und Velo«, sagte ich. »Wir sind doch hier nicht in Deutschland.«

»Du sagst manchmal auch Rad.«

»Trotzdem«, sagte ich.

»Das Wort Felgen darf ich aber benutzen, ja?«

»Felgen ist ok«, sagte ich.

»Und ok?«

»Ok ist auch ok«, sagte ich.

»Jedenfalls ist dein Velo immer schlecht gewartet«, sagte Urs. »Keine Luft in den Pneus. Fuchsrote Kette. Schlecht eingestellte Bremsen. Kein Licht. Der Sattel zu tief.«

»Das ist mir auch schon aufgefallen«, sagte der zweite Urs. »Noch nie hat man dich auf einem ordentlichen Velo gesehen. Diese zwanghafte Nachlässigkeit – irgendwie kindisch finde ich das.«

»Wenn's nur das Velo wäre«, fügte der dritte Urs hinzu.

»Bei dir ist aber, wenn man genau hinguckt, alles immer ein bisschen vage und ungefähr. Irgendwie lasch. Nichts für ungut.«

»Ein bisschen lauwarm«, sagte der zweite Urs und nickte.

»Ach ja?«, sagte ich.

»Nicht, dass uns das etwas anginge«, sagte der erste Urs. »Versteh das bitte nicht falsch.«

»Aber ihr scheint euch in dieser Sache doch ausgetauscht zu haben«, erwiderte ich. »Dann erklärt mir sie doch bitte genauer.«

»Lass gut sein«, sagte Urs.

»Ich bitte darum.«

»Es geht uns ja wirklich nichts an. Aber wenn du es partout wissen willst ... schau dir zum Beispiel dein Kopfhaar an. Das ist so halb lang und halb kurz, eine Frisur kann man das wirklich nicht nennen. Und dann deine Kleidung.«

»Was ist mit meiner Kleidung?«

»Du kleidest dich, nimm's mir nicht übel, wie ein Blinder. Du ziehst einfach irgendwas an – n'importe quoi, wie der Franzose sagt. Und deine Schriftstellerei, die du als deine Arbeit bezeichnest ...«

»Was ist damit?«

»Nichts. Eine Art Arbeit wird das schon auch sein, was du so machst«, sagte er. »Ich will gar nichts gesagt haben.«

»Aber?«

»Schon gut«, sagte Urs.

»War's das?«

»Ja.«

»Darf ich jetzt auch etwas sagen?«

»Aber bitte«, sagten Urs und Urs gleichzeitig.

»Ich verstehe, dass euch mein Lottervelo ein Dorn im Auge ist«, sagte ich. »Aber nehmt bitte zur Kenntnis, dass ich mich genauso ärgern könnte über eure oberprall gefüllten Velopneus und eure atmungsaktiven Mammut-Regenjacken, ebenso über eure jederzeit funktionstüchtigen Halogen-Scheinwerfer und die doppelten Scheibenbremsen vorn und hinten. Ich tu's nicht, aber ich könnte mich ärgern.«

»Wieso das denn?«, fragte Urs.

»Dieser Perfektionswahn hat etwas Totalitäres«, sagte ich. »Und dann eure Velohelme. Und die Handschuhe. Alles wollt ihr kontrollieren. Alles beherrschen. Jedes Risiko ausschalten. Ausmerzen. Eliminieren. Alles müsst ihr im Griff haben, nichts darf sich eurem Willen entziehen. Ich hingegen lasse den Dingen ihren Lauf mit meinem klapprigen Velo. Meine schlechten Bremsen sind ein Zeichen von Menschlichkeit und Gottvertrauen.«

»Sind wir etwa Faschisten, nur weil wir ordentliche Räder fahren?«, fragte Urs.

»Das nun nicht gerade«, sagte ich. »Aber mein Velo ist der bessere Demokrat als deins. Und wenn wir von Frisuren sprechen: Aus welchem Grund muss heute jeder

Mann sich gleich eine Glatze scheren, wenn sich an der Stirn und am Hinterkopf das Kopfhaar lichtet? Wieso sind die guten alten Geheimratsecken und Tonsuren nicht mehr erlaubt?«

»Deswegen bin ich doch kein Nazi«, brummte Urs und strich sich über seinen Borstenschädel.

»Bei euch gibt's immer nur weiß oder schwarz«, sagte ich. »Ganz oder gar nicht. Vollhaar oder Glatze. Leben oder Tod. Große Liebe oder dann gleich Scheidung, eine freundlich-lauwarme Ehe hat in eurem Lebenskonzept keinen Platz. Und dann müsst ihr euch immer schwarz kleiden, meine lieben Freunde, das habt ihr in Zürich gelernt und findet es smart. Da lobe ich mir doch mein rostiges Velo und die schlecht gepumpten Pneus.«

»Du kommst ja richtig in Fahrt«, sagte Urs.

»Ich habe Lammkoteletts im Kühlschrank«, sagte ich. »Wollen wir den Grill anwerfen?«

Vitamin D

Mein Nachbar Urs hat seit kurzem ein Elektrovelo, einen sogenannten Flyer. »Super ist das«, sagt er, »damit fahre ich den zwanzigjährigen Burschen um die Ohren. Diese arroganten Jugendkerle müssen nicht meinen, sie seien stärker als unsereiner, nur weil sie kräftiger und ausdauernder sind.«

»Ich weiß nicht recht«, sagte mein anderer Nachbar, der ebenfalls Urs heißt. »Seit es die Dinger gibt, fahren die Senioren alles über den Haufen, was nicht bei drei auf den Bäumen ist.«

»Die Dinger halten jung«, entgegnete Urs. »Wer jung bleiben will, kauft einen Flyer.«

»Außer die Jungen selbst«, sagte Urs. »Ich habe noch nie einen Jungen auf einem Flyer gesehen.«

»Die sind ja auch noch jung. Die müssen nicht jung bleiben.«

»Flyer sind etwas für Senioren«, sagte ich. »Vom Flyer zum Rollator ist's nur ein kleiner Schritt.«

»Was ist ein Rollator?«, fragte Urs.

»Klingt nach Terminator«, sagte Urs.

»Eine Gehhilfe mit Einkaufskorb, Sitzfläche und Rädern

unten dran«, sagte ich. »Schwedische Erfindung. Gute Sache.«

»Schweden? Kann man im Schnee Rollator fahren?«

»Gibt's eigentlich schon den E-Rollator?«

»Der wäre eine Marktlücke.«

»Mit Schneeketten und beheizbarer Sitzfläche. Für den schwedischen Markt.«

»Nichts gegen den Rollator«, sagte Urs. »Aber das Elektrovelo ist ein Auswuchs des Jugendlichkeitswahns.«

»Vorspiegelung falscher Tatsachen.«

»Wie Botox.«

»Oder Silikon.«

»Irgendwie würdelos.«

»Wie diese Leute, die Liegevelos fahren.«

»Liegevelos sind etwas anderes«, widersprach Urs. »Die werden von bösen Menschen gefahren. Kleinmütigen, besserwisserischen Pedanten.«

»Über Liegevelos will ich nicht reden.«

»Ich auch nicht.«

»Da wir von Würde sprechen«, sagte ich, »solltet ihr wissen, dass ich Gründungsmitglied im Verein für würdiges Altern bin. Unsere Statuten sanktionieren bestimmte Vergehen mit sofortigem Vereinsausschluss. Männer mit gefärbten Haaren oder künstlichen Haarteilen müssen ihren Mitgliederausweis abgeben, ebenso Frauen mit Brustimplantaten und Mütter, deren Miniröcke kürzer sind als jene ihrer Töchter. Verboten ist auch öffentliches Tanzen in Jugendlokalen und jede Art von Liebesgetändel mit Menschen, die mehr als zwanzig Jahre jünger sind, des weiteren die Anwendung von Jugendslang in Gestik, Mimik, mündlichem oder schriftlichem Ausdruck sowie der Erwerb von Fahrrädern mit elektrischem Hilfsmotor.«

»Und der Rollator?«

»Eine ehrbare, würdevolle Sache. Kein Grund für einen Vereinsausschluss.«

»Apropos Würde«, sagte Urs. »Du bist Präsident der Oltner Sozialdemokraten, nicht wahr?«

»Jawohl«, sagte ich.

»Wieso eigentlich?«

»Die haben sonst keinen gefunden, der das machen wollte. Und irgendwann muss man doch auch mal was tun im Leben.«

»Seid ihr da jetzt komplett verrückt geworden bei der SP?«

»Wieso?«

»Weil zwei von euren Ratsherren ein Burka-Verbot verlangen. Wie viele Burkas hast du in Olten schon gesehen?«

»Keine«, gab ich zu. »Aber der eine Ratsherr ist auf seine alten Tage katholisch geworden, und der andere spielt seit neustem Golf. Da muss man Verständnis haben.«

»In der Zeitung habe ich gelesen, dass deine Ratsherren sich Sorgen um die Gesundheit der Burka-Trägerinnen machen«, sagte Urs. »Weil die ihre ganze Haut vor der Sonne verbergen, kann ihr Körper kein Vitamin D produzieren.«

»Gesundheit ist wichtig«, sagte ich. »Auch und gerade für muslimische Frauen.«

»Man müsste empirisches Datenmaterial aus der medizinischen Forschung einholen«, sagte der dritte Urs, der Laborant in einer Sonnencremefabrik ist. »Dann ließe sich auf wissenschaftlicher Grundlage gesetzlich festlegen, wie viel Haut, Bein und Busen muslimische Frauen der Sonne aussetzen müssen, um ihren Vitaminhaushalt im Lot zu halten.«

»Und zwar wie viele Stunden täglich«, sagte der erste Urs. »Das bringt ja sonst nichts, wenn die ihre Beine nur dreißig Sekunden am Tag herzeigen.«

»Die gesetzliche Vorschrift allein wird aber nicht reichen«, sagte der zweite Urs. »Es braucht eine Strafandrohung zur Durchsetzung der Norm.«

»Richtig«, sagte ich. »Ohne Sanktionsmöglichkeit sind dem Arm des Gesetzes die Hände gebunden.«

»Was ist mit den Mönchen im Kapuzinerkloster?«, fragte Urs. »Haben die ausreichend Vitamin D? Sind die überlebensfähig in ihren Kutten?«

»Die sehen jedenfalls ziemlich alt aus.«

»Die haben Glatzen«, sagte ich. »Wenn sie die schön der Sonne aussetzen, reicht das vielleicht für die Vitamin D-Produktion.«

»Und barfuß sind sie auch in ihren Birkenstöcken.«

»Andrerseits bekommt man Hautkrebs, wenn man zu viel Haut zeigt. Wegen der UV-Strahlung.«

»Man sollte den Leuten verbieten, sich unvernünftig lang dem Sonnenlicht auszusetzen.«

»Dann fehlt's wieder an Vitamin D.«

»Hautkrebs oder Vitaminmangel, man hat die Wahl zwischen Pest und Cholera.«

»Doppelt gefährlich wird's natürlich, wenn man zu wenig Haut zu lange Zeit der Sonne aussetzt.«

»Vermutlich müssten die Vorschriften saisonal abgestuft werden«, sagte der zweite Urs, der bei beim Bundesamt für Veterinärwesen arbeitet. »Im Sommer kann eine recht kurze Bestrahlung ausreichend sein, während im Winter längere Sonneneinwirkung vonnöten ist.«

»Ganz besonders dieses Jahr, in dem der Winter so hart und der Frühling so trüb war«, sagte der erste Urs.

»Andrerseits lässt sich nicht jedes Problem mit Gesetzen regeln«, sagte der zweite Urs. »Während langer Schlechtwetterphasen müssten Musliminnen eigenverantwortlich dafür besorgt sein, dass sie möglichst oft an die frische Luft kommen. Dann hätten die harten Winter auch ihr Gutes.«

»Die harten Winter haben auch sonst ihr Gutes«, sagte Urs.

»Was denn?«, fragte ich.

»Zum Beispiel wachsen die Gletscher wieder.«

»Ist das gut?«

»Die Gletscherschmelze war schlecht.«

»Für wen?«

»Für die Gletscherflöhe. Hab ich in der Zeitung gelesen.«

»Sonst noch für jemanden?«

»Weiß nicht«, sagte Urs. »Jedenfalls hat das schlechte Wetter sein Gutes. Zum Beispiel hat's im Mai noch Bärlauch im Wald. Das ist gut für Bärlauch-Pesto.«

»Magst du Bärlauch-Pesto?«

»Kein Mensch mag Bärlauch-Pesto«, sagte Urs. »Bärlauch ißt man nur aus einem Grund: weil er halt da ist.«

»Manche Menschen mögen Bärlauch«, sagte ich.

»Bärlauch ist wie Kaufhausmusik«, sagte Urs. »Die gefällt auch keinem. Man hört sie nur, weil sie halt da ist. Oder wie die Kandidaten fürs Oltner Stadtpräsidium. Die wählt man nur, weil sie halt da sind.«

»Manche Menschen mögen Kaufhausmusik«, sagte ich.

»Du etwa?«, fragte Urs.

»Ich jetzt nicht.«

»Kaufhausmusik gefällt keinem. Nicht mal den Musikern, die sie spielen.«

»Lass uns von was anderem reden«, sagte ich. »Gestern habe ich auf dem Trödelmarkt ein tellergroßes Stück römischen Mosaikboden gekauft. Fundort Römerstraße Olten. Komplett mit archäologischem Beipackzettel und allem. Für zweiunddreißig Franken.«

»Gratuliere«, sagte Urs.

»Was meinst du, muss ich das im Museum abgeben? Oder darf ich's behalten?«

»Ich würd's behalten«, sagte Urs.

»Du schon«, sagte ich. »Aber ich habe einen Gewissenskonflikt.«

»Den hältst du aus«, sagte Urs. »In ein paar Jahren bist du eh tot, dann kehrt dein Römermosaik zurück auf den Trödelmarkt.«

»Richtig«, sagte ich. »Sollen die Museumsleute dann auf dem Trödelmarkt vorbeischauen.«

Die Chinesen

*M*ein Nachbar Urs ist von Beruf Lehrer, deshalb redet er lieber, als dass er zuhört.
»Hast du von dieser Selbstmordwelle unter Lehrern in China gehört?«, sagte er, während ich mit dem zweiten Urs die Marinade für die Lammkoteletts zubereitete. »Die Welt rätselt über die Gründe, aber ich kann dir sagen – das kommt von der Einkind-Politik, die die dort haben.«
»Ach ja?«, sagte ich.
»Weil die chinesischen Eltern nur ein Kind haben dürfen, halten sie dieses für absolut einzigartig, das ist verständlich. Sie brüten es aus, erfreuen sich an ihm und begackern und begluckern es, bis es in die Schule kommt.«
»Das tun alle Eltern«, sagte ich.
»Aber das Gluckern und Gackern hat seine Grenzen, mehr als vierundzwanzig Stunden am Tag können auch die ausdauerndsten Eltern nicht dafür aufwenden. Wer mehrere Kinder hat, teilt seine Gluckerkapazität auf die Sprösslinge auf. Ein Kind mit neun Geschwistern wird zehnmal weniger begluckert als ein Einzelkind.«
»So ist das also in China«, sagte ich.

»Jetzt versetz dich in die Lage chinesischer Lehrer«, sagte Urs. »Deren Schulklassen bestehen von Gesetzes wegen komplett aus rundumbegluckerten Einzelkindern.«

»Chinesische Kinder sind doch nicht anders als unsere«, sagte ich.

»Nicht die Kinder sind das Problem, sondern die Eltern«, sagte Urs. »Weil ihnen ein Vergleich fehlt, halten sie ihren Thronfolger für ein hochbegabtes Juwel, ein Genie, einen ungeschliffenen Diamanten, der eigentlich Einzelunterricht verdient hätte und spätestens mit zwölf Atomphysik in Cambridge studieren muss. Hätten sie mehrere Kinder, würden sie merken, dass die alle sehr lieb und klug sind. Und überdurchschnittlich begabt. Aber ganz normal.«

»Diese Chinesen«, sagte ich.

»Du kannst dir nicht vorstellen, was diese Einkind-Eltern für einen Zirkus veranstalten, wenn ihr vergöttertes Elfenwesen bei der Einschulung dem Bannfeldstatt dem Froheimschulhaus zugewiesen wird. Oder wenn der David auf dem Pausenplatz von einem Schneeball getroffen wird. Oder wenn die Sabrina im Rechnen eine Dreiminus schreibt. Diese Beschwerden! Die Aussprachen beim Direktor! Die Bestechungsversuche! Das hält auf Dauer der stärkste Lehrer nicht aus.«

»Gibt es in China ein Froheimschulhaus?«, fragte ich.

»Das war jetzt bildlich gesprochen«, sagte Urs.

Da kam der vierte Urs hinzu, der frisch geschieden ist und allein in einem viel zu groß gewordenen Haus wohnt.

»Wie geht's dir?«, fragte der zweite Urs.

»Frag nicht«, sagte der vierte Urs.

»Hast du Zigaretten dabei?«, fragte ich. Der vierte Urs nickte und legte ein angebrochenes Paket Camel auf den Tisch. Über die Jahre haben wir zwar alle das Rauchen aufgegeben, aber wenn Urs Zigaretten auf den Kiesplatz bringt, rauchen wir sie mit vereinten Kräften in kürzester Zeit nieder.

»Kopf hoch«, sagte der zweite Urs. »Es gibt noch viele Frauen auf der Welt.«

»Was du nicht sagst«, sagte der vierte Urs.

»Es gibt weltweit mehr Frauen als Chinesen, hast du das gewusst?«, sagte ich.

»Und die sind ja wirklich zahlreich.«

»Kommt hinzu, dass auch in China jeder Zweite eine Frau ist«, sagte der zweite Urs.

»Eine ganz schöne Auswahl.«

»Ich danke euch bestens für diese hilfreichen Informationen«, sagte der vierte Urs. »Der Teufel steckt halt im Detail.«

»Sonderbare Sache«, sagte der fünfte Urs, der in der Zwischenzeit zu uns gestoßen war. »Dass es so viele Menschen gibt und doch so wenig Auswahl.«

»Das kann man auch bei den Stadtratswahlen sehen«,

sagte der zweite Urs. »Olten hat siebzehntausendsiebenhundertachtundsiebzig Einwohner, und trotzdem sind unter ihnen keine fünf Kandidaten zu finden, die man richtig gern wählen möchte.«

»Auch in Olten gibt es mehr Frauen als Chinesen«, sagte der fünfte Urs.

»In Olten gibt's einen Chinesen, der heißt mit Familiennamen Schweizer«, sagte ich. »Weil eine Schweizer Familie namens Schweizer ihn als Baby adoptiert hat.«

»Den kenne ich. Der ist aber Tibeter.«

»Jedenfalls hat er beim Bahnfahren immer Ärger mit den Kontrolleuren. Die glauben, sein Abonnement sei gefälscht, weil der Name Schweizer drauf steht und er wie ein Chinese aussieht.«

»Wie ein Tibeter.«

»Was?«

»Wie ein Tibeter sieht er aus.«

»Hat's noch Zigaretten?«

»Ich gehe rasch zur Tankstelle und kaufe welche.«

Nachdem der vierte Urs aufgebrochen war, fuhren drei meiner Söhne mit ihren Skateboards vorbei.

»Wieso hast du eigentlich so viele Kinder?«, fragte mich der zweite Urs. »In China würden deine Kinder für fünf Familien reichen.«

»Und?«

»Du solltest an deinen ökologischen Fußabdruck denken. An die Ressourcen, die deine vielköpfige Familie verbraucht. Wegen dir müssen wir in Gösgen ein zweites AKW bauen.«

»Das mag stimmen«, gab ich zu. »Andrerseits finanzieren meine Kinder deine Altersrente.«

»Du kannst deinen Kindern sagen, dass sie damit aufhören können«, sagte Urs. »Ich habe selbst zwei Kinder. Die bezahlen für mich und meine Frau.«

»Zwei Kinder reichen nicht für zwei Rentner«, sagte ich. »Der Versicherungsapparat kostet auch Geld. Die Büros, die Buchhalter und die Topfpflanzen und alles. Dafür braucht's mindestens ein drittes Kind. Es sei denn, du möchtest bald sterben.«

»Eigentlich nicht.«

»Ich kann dir ein Kind abgeben, wenn du willst, dann habe ich immer noch eins übrig. Wieso hast du eigentlich so wenige Kinder?«

»Ich habe doch zwei«, sagte Urs.

»Du bist Mitte Vierzig, hast also ein Vierteljahrhundert Zeit gehabt«, sagte ich. »Da müsste doch, pardon, mehr herausgeschaut haben. Ich hoffe, bei dir ist alles in Ordnung. Die Gesundheit, alles ok? Und die Ehe? Immer noch glücklich?«

»Du spinnst wohl«, sagte Urs.

»Nichts für ungut«, sagte ich. »Man macht sich halt Sorgen, wenn ein Nachbar so wenige Kinder hat.«

»Eigentlich geht dich das einen Dreck an.«

»Ich verstehe schon«, sagte ich. »Du hast nach zwei

Kindern aufgehört, weil du an deinen ökologischen Fußabdruck gedacht hast.«

»Jetzt reicht's aber«, sagte Urs.

»Stattdessen hast du dir Katzen zugelegt«, sagte ich. »Das machen viele, denen ihr emotionaler Fußabdruck zu klein wird. Andrerseits sollte man nicht vergessen, dass Katzenhaltung den ökologischen Fußabdruck vergrößert.«

»Katzen sind Natur.«

»Sie kacken in meinen Garten.«

»Das ist auch Natur.«

»Dann sind meine fünf Buben auch Natur«, sagte ich. »Ich schicke die ab sofort zum Pinkeln in deinen Garten.«

»Dann schmeiße ich mit Flipflops nach deinen Buben«, sagte Urs. »Du schmeißt auch mit Flipflops nach meinen Katzen.«

»Immerhin bezahlt mein vierter Bub deine Rente«, sagte ich. »Deine Katzen tun nichts für meine Rente.«

»Dann schick deinen vierten Bub in Gottes Namen in meinen Garten«, sagte Urs. »Ich zeige ihm eine Ecke, in der er pinkeln darf.«

»Dann zeige ich deinen Katzen, wo sie kacken dürfen«, sagte ich. »Ich mache jetzt mal den Grill an. Was trinken wir – Wein oder Bier?«

Das Leben ist lang

*E*ines Abends musste ich mein jüngstes Söhnlein auf der Elsastraße hin und her tragen, weil ihm die ersten Zähne auf die Pilgern drückten.

»Der ist aber klein«, sagte mein Nachbar Urs, der gerade seine Buchshecke stutzte.

»Der ist ja auch erst drei Monate alt«, sagte ich.

»Gib mal her«, sagte Urs. Er legte die Heckenschere beiseite und zog seine Gartenhandschuhe aus.

»Nicht fallen lassen«, sagte ich und legte ihm den Kleinen in den Arm.

»Ach ja, so klein sind die«, sagte Urs. »Man vergisst das ein wenig, wenn die eigenen Kinder schon groß sind.«

»Du hättest ihn vor drei Monaten sehen sollen«, sagte ich. »Da war er noch viel kleiner.«

»Ich finde ihn auch jetzt noch klein«, sagte Urs. »Das wird eine Weile dauern, bis der ein alter Mann ist.«

»Da geht noch viel Wasser die Aare hinunter.«

»Weißt du was?«, sagte Urs. »Der Kleine ist der Einzige von uns dreien, der das 22. Jahrhundert erleben wird.«

»Sieht so aus«, sagte ich. »Ich müsste hundertvierzig Jahre alt werden.«

»Ich hundertfünfunddreißig.«

»Das schaffen wir nicht.«

»Kaum.«

»Der Kleine muss nicht mal neunzig werden. Das kriegt er hin.«

»Locker.«

»Sonderbare Sache«, sagte Urs. »Wir sind im 20. Jahrhundert geboren, leben im 21. Jahrhundert und halten einen Bürger des 22. Jahrhunderts im Arm. Macht drei Jahrhunderte.«

»Mein Großvater ist 1899 geboren«, sagte ich.

»Der lebt noch?«

»Das nicht. Aber ich habe liebe Erinnerungen an ihn.«

»Dann macht's vier Jahrhunderte«, sagte Urs.

»Genau«, sagte ich. »Du trägst das 22. Jahrhundert auf dem Arm und ich das 19. Jahrhundert im Herzen, und das 20. und das 21. haben wir in den Knochen.«

»Das Leben ist lang«, sagte Urs.

»Jetzt reicht's«, sagte ich. »Gib mir den Kleinen wieder.«

»Nicht fallenlassen«, sagte Urs.

»Ich pass' schon auf.«

»Jetzt, wo der Kleine da ist, hättest du ruhig ein paar Vorsätze fassen können.«

»Zum Beispiel?«

»Du gehst immer bei Rot über die Straße«, sagte Urs. »Ich habe dich gesehen.«

»Das ist nicht wahr«, sagte ich. »Manchmal gehe ich auch bei Grün über die Straße.«

»Du bist ein schlechtes Vorbild«, sagte Urs. »Wegen dir kommen meine Kinder unters Auto.«

»Das täte mir leid«, sagte ich. »Gewiss möchte ich deine Kinder nicht in Gefahr bringen, wo du doch nur so wenige hast. Aber muss ich ihnen ein Vorbild sein? Ein gutes noch dazu? Könnte ich deinen Kindern nicht als schlechtes Beispiel dienen? Als abschreckendes Exempel dafür, wie man es nicht machen soll?«

»Kinder unterscheiden nicht zwischen guten und schlechten Vorbildern«, sagte Urs. »Die äffen einfach nach.«

»Verstehe«, sagte ich. »Aber ich nehme doch an, dass du sie zu mündigen, selbstverantwortlichen Bürgern erziehen willst.«

»Selbstverständlich.«

»Dann sag selbst, gehe ich ihnen mit gutem Beispiel voran, wenn ich sklavisch vor jeder roten Ampel Halt mache, ohne mir einen eigenen Überblick über die tatsächliche Bedrohungslage zu verschaffen? Bin ich ein gutes Vorbild, wenn ich stehen bleibe wie der Ochse am Berg, auch wenn bis zum Horizont kein Auto zu sehen ist?«

»Jawohl«, sagte Urs. »Ein Vorbild als gesetzestreuer Citoyen.«

»Und wenn die Ampel kaputt ist? Wenn sie auf Rot stehen bleibt bis ans Ende aller Tage? Soll ich mir dann wie ein Idiot die Beine in den Bauch stehen, deinen Kindern zum Gespött? Hätte ich in einem solchen Fall nicht die Pflicht, ihnen Mut und Entschlusskraft vorzuleben, indem ich die rote Ampel bewusst ignoriere?«

»Hör auf zu quatschen, es ist ganz einfach«, sagte Urs. »Wenn Kinder in Sicht sind, musst du bei Rot stehen bleiben, sonst kriegst du Ärger mit den Müttern. Wenn keine in Sicht sind, machst du, was du willst – es sei denn, die Mütter sind in Sicht. Die machen dir sonst die Hölle heiß.«

»Wie du jetzt gerade.«

»Genau.«

»In Frankreich laufen alle bei Rot über die Straße«, sagte ich. »Funktioniert bestens. Die Franzosen leben alle noch.«

»In Italien leben auch alle noch«, sagte Urs. »Obwohl es dort keine funktionierenden Ampeln gibt.«

»In Deutschland musst du aufpassen«, sagte ich. »Dort geben die Autofahrer Vollgas, wenn du bei Rot über die Straße gehst.«

»Und in Österreich?«

»Dort bleiben die Fußgänger bei Rot stehen und drucksen rum, bis du über den Mittelstreifen hinaus bist«, sagte ich. »Erst wenn sie sicher sind, dass du nicht mehr umkehren wirst, murmeln sie halblaut »Arschloch« oder so. Am liebsten würden sie Steine nach dir werfen.«

»Diese Österreicher.«

»Aber zur Umerziehung wird man nur in China gezwungen. Und in der Schweiz. Von dir und deinen Müttern.«

Herbert

*I*ch kenne einen, der heißt Herbert. Er hat zwei Kinder großgezogen, die sind irgendwann weggegangen in die Großstadt. Wenig später hat ihn seine Frau verlassen. Ihre Ehe war mit der Zeit leer geworden, sie hat einen anderen Mann gefunden. Jetzt wohnt Herbert allein in dem Häuschen, das er für die Familie am Stadtrand gebaut hat. Die Kinderschaukel im Garten ist rostig, der Sitzplatz von Wicken überwuchert. In der Garage stehen Gartenspielsachen und Fahrräder, die niemand mehr benutzt. Die Familienkatze ist noch da. Eigentlich kann Herbert mit Katzen nichts anfangen, er hatte sie damals für die Kinder angeschafft. Jetzt ist sie siebzehn Jahre alt und will und will nicht sterben.
Vor einiger Zeit hatte die Exfrau beschlossen, ihren neuen Mann zu heiraten. Der Pfarrer willigte ein, sie ein zweites Mal kirchlich zu trauen, obwohl das streng genommen im Katholizismus nicht möglich ist. Und weil sie Herbert trotz Trennung und Scheidung in geschwisterlicher Zuneigung verbunden geblieben war, hat sie ihn zur Hochzeit eingeladen. Die Trauung fand in derselben Kirche statt, in der Herbert ein Vierteljahrhundert

zuvor dieselbe Frau geheiratet hatte, und sie wurde vom selben Pfarrer vorgenommen.

Nun ist die Sache die, dass der neue Mann ebenfalls Herbert heißt. Das mag Zufall sein oder nicht. Jedenfalls befand Herbert sich nun in der Situation, dass er die selben Worte zu hören bekam wie damals bei seiner eigenen Hochzeit: »Willst du, Herbert, diese dir von Gott anvertraute XY heiraten, sie ehren und achten und ihr treu sein, bis dass der Tod euch scheidet?« Und dann umgekehrt: »Willst du, XY, diesen dir von Gott anvertrauten Herbert heiraten, ihn ehren und achten und ihm treu sein, bis dass der Tod euch scheidet?« Alles wie gehabt, nur dass Herbert diesmal nicht als Hauptakteur vor dem Traualtar stand, sondern als Gratulant weit hinten im Kirchenschiff.

»Ich bin halt nicht der einzige Herbert auf der Welt«, sagte sich Herbert. »Es gab vor mir welche, und es wird nach mir welche geben. Ist doch eigentlich gut. Wär' schade, wenn's nach mir keinen Herbert mehr gäbe.«

Diese Geschichte erzählte ich kürzlich, als ich mit meinen Nachbarn draußen auf dem Grillplatz Bier trank und darauf wartete, dass die Glut für die Würste bereit war.

»Sag mal ehrlich, wie oft hast du diese Geschichte schon zum Besten gegeben?«, fragte darauf mein Nachbar Urs.

»Wieso?«, fragte ich.

»Nur so.«

»Ein paar Mal.«

»Ihr Schreiberlinge seid schon indiskrete Sauhunde.«

»Wieso?«

»Meinst du, den Herbert freut das, dass du sein Schicksal in alle Welt hinausposaunst?«

»Der heißt in Wahrheit gar nicht Herbert«, sagte ich. »Den Namen habe ich verändert.«

»Scheint ein netter Kerl zu sein. Wahrscheinlich kenne ich ihn. Wie heißt er denn wirklich?«

»Norbert.«

»Herbert oder Norbert«, sagte Urs. »Da weiß doch jeder im Städtchen gleich, wer gemeint ist.«

»Du auch?«

»Ich jetzt nicht«, sagte Urs. »Aber bestimmt viele.«

»Das glaube ich nicht, mein lieber Urs«, sagte ich. »Dieser Norbert lebt nämlich gar nicht hier.«

»Sondern?«

»Ganz woanders.«

»Wo?«

»Irgendwo in Österreich.«

»Das glaube ich nicht«, sagte Urs.

»Dann eben nicht«, sagte ich.

»Weißt du was?«, sagte Urs. »Wenn ich mir das recht überlege, glaube ich dir die ganze Geschichte nicht. Du kennst gar keinen Robert oder Herbert, der zur Hochzeit seiner Exfrau eingeladen war. Den hast du erfunden, weil dir mal eben danach war. Wahrscheinlich hast du eine schwache Minute gehabt und dich aus irgendeinem Grund grad selber wie ein Herbert gefühlt, deshalb hast du dir die Geschichte aus den Fingern gesogen.«

»Du tust mir unrecht«, sagte ich. »Diesen Norbert gibt es wohl. Er ist Buchhändler in einer niederösterreichischen Kleinstadt.«

»Wirklich? Dann sag mir, wie das Städtchen heißt.«

»Hm. Das ist jetzt indiskret.«

»Los.«

»Na gut«, sagte ich. »Die Stadt heißt Vöcklabruck. Aber nicht weitersagen.«

»So, so«, sagte Urs. »Weißt du, was ich jetzt mache? Ich gehe heim und überprüfe das. Google wird schon wissen, ob es in Vöcklabruck einen Buchhändler namens Norbert gibt. Bin gleich wieder hier.«

»Du wirst ja sehen«, sagte ich.

Ich schaute Urs hinterher, wie er in seinem Haus verschwand, dann kratzte ich mich am Schädel. Die Sache ist nämlich die, dass dieser Norbert gar nicht in Vöcklabruck wohnt, sondern in einer ganz anderen österreichischen Kleinstadt. Oder im Elsass. Zwar gibt es ihn wirklich, und Buchhändler ist er auch, das schwöre ich. Aber in Wahrheit heißt er weder Herbert noch Norbert, sondern Robert. Oder noch mal anders.

Aber das geht den Urs nichts an, diesen indiskreten Sauhund. Der soll den Herbert mal in Ruhe lassen mit seinem Google.

Räuber und Poulet

Kürzlich habe ich in der Zeitung erwähnt, dass ich ziemlich viele Kinder habe und dass der Grund dafür nicht etwa darin liege, dass ich Mitglied in einer Sekte wäre. Seither schauen mich auf der Straße manche Leute scheel an und denken, ich sei eben doch in einer Sekte, weil ich sonst nicht behaupten müsste, ich sei nicht in einer Sekte. Deshalb beeidige ich hier noch einmal, dass ich keiner wie auch immer gearteten Glaubensgemeinschaft angehöre, auch bin ich nicht Vegetarier, habe keine Meinung betreffend Homöopathie und fahre keinen Toyota Prius.

Einer Laune der Natur ist es wohl zuzuschreiben, dass meine Kinder allesamt Buben sind. Es gab eine sehr schöne Zeit, da sie untereinander ein gepflegtes Balkan-Deutsch sprachen. Keine Ahnung, woher die das hatten, in unserer Nachbarschaft spricht kaum jemand so. In Olten wohnen die Balkan-Jungs im East End, also im Säliquartier, während mich eine Laune des Schicksals ins helvetisch-gutbürgerliche West End, also in den Schöngrund verschlagen hat. Am westlichen Stadtrand leben traditionell die Wohlhabenden, am östlichen die

Armen, das ist in Olten nicht anders als in London, Paris oder Frankfurt und zahlreichen anderen Städten Westeuropas und liegt daran, dass auf unserem kleinen Kontinent der Wind meist vom Atlantischen Ozean her weht, weshalb im 19. Jahrhundert, als diese Städte in großen Teilen neu gebaut wurden, die Luft in den westlichen Wohnvierteln jeweils frisch und sauber war, im Osten aber gesättigt mit dem Dreck der Fabrikschlote, Dampflokomotiven und Kohleheizungen.

In Olten kam dieser Effekt besonders ausgeprägt zum Tragen, weil es hier viel Eisenbahn- und Stahlindustrie gab. Heute boomen Dienstleistungen und Medizinaltechnik, Fabrikschlote und Kohleheizungen gibt es keine mehr; die Luft ist auf dem ganzen Stadtgebiet von gleichmäßig guter Qualität. Trotzdem besteht das soziale Ost-West-Gefälle weiterhin. Die Autochthonen und Wohlhabenden wohnen im Westen, die Immigranten im Osten.

In der Mitte zwischen Ost und West steht der Bahnhof, dort ist Olten am lustigsten. Hier gibt es die spannendsten Bühnen und die besten Pizzabunden, und abends sind hier die jungen Leute unterwegs, während das bürgerliche Alt-Olten jenseits der Aare seine Zipfelmütze überzieht und schlafen geht.

Eines aber ist mir aufgefallen: Nirgends in Olten bekommt man so viele ausländerfeindliche Sprüche zu hören wie im Ausländerviertel. Die Spanier können die

Jugoslawen nicht ausstehen und die Italiener mögen die Albaner nicht, die Türken verachten die Griechen und diese die Latinos, und die Belgier mögen keine Holländer, weil die nicht katholisch sind oder so.

Manchmal scheint mir, als ob niemand so xenophob sei wie die Immigranten. Ich fürchte, ausländerfeindliche Volksinitiativen hätten deutlich bessere Chancen, wenn die Ausländer Stimmrecht hätten. Dann wären Kopftücher und Beschneidungen längst verfassungsmäßig verboten, Kebab-Buden, Salsa-Tänze und Cevapcici ebenfalls, und sämtliche Überfremdungsinitiativen der letzten vierzig Jahre hätten an der Urne obsiegt – die Ausländer hätten einander also gegenseitig aus dem Land geworfen und uns Schweizer allein zurückgelassen.

Das fände ich furchtbar. Zum Glück sind noch wir Schweizer da, die Ausländerfeindlichkeit der Ausländer zu korrigieren. Wir leisten uns an der Urne zwar auch die eine oder andere xenophobe Dummheit, aber nur, wenn's nicht allzu sehr schadet; zum Beispiel, wenn wir Minarette verbieten, die es eh kaum gibt. Jedes Mal aber, wenn's wieder darum geht, Italiener, Türken und Spanier tatsächlich aus dem Land zu werfen, sagen wir doch immerhin knapp Nein. Das nennt man staatspolitische Reife.

Dieses feine Kräftespiel direkter Demokratie erregt im Ausland weltweit zu Recht Bewunderung. Ich habe einen deutschen Nachbarn, der jetzt aber mal nicht Urs heißt, weil er eben Deutscher ist und die Kinder nördlich des Rheins andere Vornamen erhalten – nicht ganz andere, nur so ein bisschen andere. Wir sind seit vielen Jahren Nachbarn, in Frieden ziehen wir Seite an Seite unsere Kinder groß. Dieser Nachbar also will jetzt Schweizer Bürger werden, um am demokratischen Entscheidfindungsprozess teilhaben zu können. Deshalb sitzt er mit einem Aktenordner im Garten und büffelt für den Staatskundeunterricht. Er muss einen Kurs besuchen an fünf Nachmittagen zu je vier Stunden. Zum Schluss gibt's eine Prüfung. Und einen Einzahlungsschein.

»Darf ich mal sehen?«, fragte ich und deutete auf den Aktenordner.

»Aber sicher«, sagte er.

Ich fing an zu blättern und blieb auf Seite drei hängen, wo in Unterkapitel 1.1. »Erkennungsmerkmale der Swissness« alphabetisch aufgeführt werden. Ich gebe die Erkennungsmerkmale hier wieder und schwöre, dass ich nichts hinzugefügt oder weggelassen habe.

»1.1. Erkennungsmerkmale der Swissness:
Alphorn, Bankgeheimnis, Bernhardiner, Birchermüsli, Cervelat, Demokratie, DJ Bobo, Emil, Emmentaler, Frauenstimmrecht, Gewehr im Schrank, Gotthard, Guisan, Helvetia, Käsefondue, Kuhglocke, Matterhorn,

Nestlé, Pestalozzi, Pilatus, Raclette, Rigi, Rösti, Rotes Kreuz, Rütli, SBB, Schweizer Franken, Schweizer Offiziersmesser, Schweizer Uhren, Schwingen, Swissair, Schwyzerdütsch, Tell, Toblerone, Vier Landessprachen, Zürcher Geschnetzeltes, Volksmusik.«

Zitat Ende.

»Wieso Frauenstimmrecht?«, sagte ich. »Haben wir das erfunden?«
»Das nun nicht gerade«, sagte mein Nachbar und lächelte höflich.
»Musst du das alles auswendig hersagen?«
»Nur drei Stichwörter. Dann habe ich bestanden.«
»Lass hören«, sagte ich.
Mein Nachbar legte die Stirn in Falten und schaute gen Himmel. »Alphorn, Bankgeheimnis, Bernhardiner...«
»Swissness-Prüfung bestanden«, sagte ich.

Dann gingen wir über zu Unterkapitel 1.3, wo in zwei Spalten die Wesensart des typischen Deutschschweizers umschrieben ist. In der linken Spalte steht, wie der Deutschschweizer so ist. In der rechten steht, wie er eben nicht ist.
Der Deutschschweizer also ist (ich zitiere erneut):
»Zurückhaltend, verschlossen, bescheiden, perfekt, korrekt, ordentlich, freundlich, sympathisch, zuverlässig,

gewissenhaft, traditionsbewusst konservativ, arbeitsam, fleißig, überheblich, geldbewusst, sparsam.«

»Perfekt?«, fragte ich. »Wieso perfekt?«
»Die meinen wahrscheinlich perfektionistisch«, sagte mein Nachbar.
»Entsetzlich«, sagte ich. »Willst du wirklich so werden? So wie wir? Überleg dir das noch mal.«
»Ich bin doch schon so«, sagte mein Nachbar. »wir Badener sind vom Wesen her ja eigentlich Schweizer.«
»Das stimmt«, sagte ich.
Dann lasen wir in der rechten Spalte, wie der Deutschschweizer NICHT ist (ich zitiere erneut):
»Offen, aufgeschlossen, spontan, lebensfroh, locker, emotional, humorvoll, witzig, gastfreundlich.«

»Schrecklich«, sagte ich. »So möchte man eigentlich sein, nicht wahr?«
»So sind aber die Leute in der französischen Schweiz«, sagte mein Nachbar. »Die Welschen, wie ihr sagt.«
»Wer behauptet das?«
»Unser Kursleiter«, sagte mein Nachbar. »Die Welschen sind so, wie die Deutschschweizer gern wären.«
»Musst du diese Formel an der Prüfung aufsagen?«
»Nur, wenn ich bestehen will.«
»Dein Kursleiter ist ein Witzbold«, sagte ich. »Wahrscheinlich ein Welscher.«

»Er heißt Jörg Leuenberger.«

»Vielleicht solltest du dich in der Westschweiz einbürgern lassen. Als Welscher hättest du's lustiger.«

»Ich will aber nicht ständig lustig sein«, sagte mein Nachbar. »Von morgens bis abends Witze reißen und Weißwein trinken – das fände ich anstrengend.«

»Ich auch«, sagte ich. »Man muss ja auch mal was arbeiten.«

Währenddessen spielten seine und meine Kinder auf der Elsastraße das Spiel, bei dem die Teilnehmer sich in zwei Gruppen aufteilen – in die Gesetzesbrecher, die flüchten, und die Ordnungshüter, die Erstere jagen.

Bei Fontane und Keller kann man nachlesen, dass das Spiel im 19. Jahrhundert unter dem Namen »Räuber und Gendarm« bekannt war. Ob es bei Gotthelf »Räuber und Landjäger« hieß, weiß ich nicht.

Hingegen kann ich bezeugen, dass wir es im Oltner Säliquartier in der zweiten Hälfte des 20. Jahrhunderts »Räuber und Poli« nannten, wobei »Poli« als Kurzform für »Polizei« stand. Das Spiel litt damals unter der strukturellen Schwierigkeit, dass die antiautoritär geprägten 68er-Kinder immer nur Räuber und keinesfalls Polizisten sein wollten.

Diese Rekrutierungsschwierigkeiten gibt es heute nicht mehr, die Kinder auf der Elsastraße spielen genauso gern Ordnungshüter wie Gesetzesbrecher – Hauptsache, sie können mitspielen, finden einen Platz in der Gesellschaft und fallen nicht durch die Maschen des sozialen Netzes. Meine Buben nennen das Spiel übrigens nicht »Räuber und Poli«, sondern »Räuber und Bulle«, was wohl auf den Einfluss ihrer deutschen Spielkameraden zurückzuführen ist.

Nun hat aber mein Fünfjähriger den Namen wieder eingeschweizert und sagt »Räuber und Poulet«. Falls sich das durchsetzt, können wir uns bequem zurücklehnen und auf die nächste Generation kleiner deutscher Secondos warten, die den Namen wieder germanisiert und »Räuber und Hähnchen« sagt.

Was dann die kleinen Schweizer wiederum daraus machen und wo das alles enden wird, weiß ich nicht. Ich find's auch nicht sehr wichtig. Wichtig ist, dass die Kinder draußen zusammen spielen. Und dass jedes sein Plätzchen findet.

In diesem Zusammenhang hat mir mein Nachbar Urs kürzlich erzählt, dass der pensionierte Chef der Oltner Fremdenpolizei nach Osteuropa ausgewandert ist mit seiner osteuropäischen Freundin, für die er hier immer den Papierkram erledigte. Sonderbarer Gedanke, dass der Chef der Oltner Fremdenpolizei jetzt selbst einen Migrationshintergrund hat, in Kroatien oder so. Womöglich muss er jetzt in Amtsstuben antraben, die auf Kroatisch mit »Fremdenpolizei« angeschrieben sind, und Formulare ausfüllen, die er auswendig könnte, wenn sie nicht auf Kroatisch verfasst wären. Hoffentlich hilft ihm die Freundin dabei und behandeln ihn die kroatischen Fremdenpolizisten gut. Das hätte er verdient, er war in Olten bekannt als ein freundlicher und zuvorkommender Beamter.

Übrigens gibt es in Olten die Fremdenpolizei nicht mehr, den Papierkram erledigt jetzt die Einwohnerkontrolle. Erstens klingt das ein bisschen netter, und zweitens sind Ausländer, die hier Wohnsitz nehmen, ja auch Einwohner und nicht bloß Fremde.

Eine andere Sache ist es natürlich, wenn ein Fremder nicht nur Einwohner, sondern Bürger werden will. Dafür ist dann die Bürgergemeinde zuständig, vermutlich nicht nur in Olten, sondern auch in Kroatien. Es ist mir nicht bekannt, ob der Chef der Oltner Fremdenpolizei sich mit der Absicht trägt, die kroatische Staatsbürgerschaft zu erlangen. Wenn ja, müsste er wohl kroatische Geschichte büffeln und die Lebensdaten Fürst Branimirs und König Tomislavs auswendig lernen. Vielleicht müsste er auch akzentfrei kroatisch Chuchichäschtli hersagen und den kroatischen Nationalcharakter in Stichworten umschreiben können. Und gewiss müsste er beweisen, dass seine Freundin wirklich seine Freundin ist und nicht eine Scheinfreundin zwecks Erschleichung der kroatischen Staatsbürgerschaft.

Ob das die Mühe wert wäre? Für die Kroaten würde er doch immer nur der Schweizer bleiben. Und wenn er etwas anstellen würde – seinen achtzigsten Geburtstag feiern zum Beispiel, oder eine Schaukel fürs Waisenhaus stiften –, würden die kroatischen Zeitungen doch immer nur schreiben, dass er ein eingebürgerter Kroate schweizerischer Herkunft mit Migrationshintergrund sei.

Die Schönheit der Frau

Wenn ich mit meinen Ursen auf dem Kiesplatz stehe, kommt es vor, dass sich unsere Frauen zu uns gesellen. Dann unterhalten wir uns alle miteinander, aber sehr lang dauert das selten. Nach einer Weile gehen die Frauen meist zusammen weg – auf eine Terrasse zum Beispiel, wegen des Feuerwerks oder so, oder in jemandes Wohnzimmer, um sich Fotos vom letzten Kalifornienurlaub anzuschauen.

Dann gucken wir ihnen hinterher, wie sie davontänzeln mit ihren Haaren und ihren Hintern und ihren Prosecco-Gläsern, und ich stelle mir vor, dass sie sich vorstellen, wir würden so über sie reden, wie Frauen glauben, dass Männer über sie reden. Aber das stimmt nicht. Männer sind nicht so, wie Frauen meinen, dass sie seien.

Erstens reden meine Urse und ich überhaupt nicht über unsere Frauen. Und wenn wir es täten, würden wir zweitens nicht lästern, sondern nur Gutes sagen.

»Was meint ihr«, würde vielleicht der vierte Urs fragen, »worin liegt die Schönheit der Frau?«. Dann könnte es sein, dass ich zu einer kleinen Rede ansetzen würde.

»Das kann ich euch ganz genau sagen«, würde ich sagen. »Die Schönheit der Frau liegt in ihren widerspenstigen kleinen Nackenlocken, die nachts im Bett so gut duften. Oder im unvergleichlichen Schwung, mit dem sie ihren Hintern seitwärts in die Kirchenbank schiebt. Oder in der Miene erstaunter Nachdenklichkeit, mit der sie ihren Bauch betrachtet, wenn sie ein Kind erwartet. Oder in der kleinen Zornesfalte, wenn sie in ihrem Schrank nichts Passendes zum Anziehen findet.

Ich bin mit Brüdern und Cousins aufgewachsen«, würde ich fortfahren, »Mädchen habe ich erst kennengelernt, als wir mit befreundeten Familien in die Ferien ans Meer fuhren. Sonderbare Wesen waren das, die sich morgens nach dem Aufstehen unaufgefordert wuschen, keine Prügeleien abhielten und auch keine selbstgefertigten Schusswaffen mit sich herumtrugen. Auf dem Weg zum Strand veranstalteten sie keine Wettrennen, sondern gaben immer acht, dass die Gruppe schön beisammen blieb. Sie waren ganz Gemeinschaft, Konkurrenz schienen sie nicht zu kennen – und wenn sie doch Wettkämpfe austrugen, waren die so subtil, dass wir nichts davon bemerkten. Wenn sie dann aber ihre Badetücher ausgebreitet hatten, war jede plötzlich ganz allein mit sich selber, schälte sich sorgfältig aus ihrem Sommerrock und nahm die Sonnencreme zur Hand, als bemerkte sie nicht, wie wir guckten. Denn selbstverständlich guckten wir und guckten im naiven Glauben, dass sie es nicht bemerkten ... Ach, die Schönheit der Frauen.

Und dann die ganz großen Gefühle, die diese Mädchen zu jeder Tages- oder Nachtzeit aus dem nichtigsten Anlass entwickeln konnten. Schwerwiegende Dramen, die von den Müttern, Tanten und Schwestern wortreich aufgelöst werden mussten, während die Väter und Brüder die Köpfe einzogen und Feuer im Kamin machten. Und wie dann plötzlich alles wieder gut sein konnte, als wäre nie etwas vorgefallen, und wie die noch tränenfeuchten Augen wieder strahlen konnten im Widerschein des Feuers, und wie sie plötzlich alle gleichzeitig hochschießen konnten wie ein Schwarm Vögel, um gemeinsam Erdbeerfrappée zu machen ...

Die Schönheit der Frau?«, würde ich schließlich mein Fachreferat beenden, »liegt vielleicht im forschenden Ernst, mit dem sie ihren Mann betrachtet. Oder in den zwei Grübchen über dem Becken, oder in der Kuhle hinter dem Schlüsselbein und wie sie ihren Hals herzeigt, wenn sie ein Gläschen getrunken hat. Oder in ihrer wunderlichen Launenhaftigkeit, die doch eigentlich nichts Erstaunliches hat außer der Tatsache, dass sie uns Männer jedes Mal aufs Neue überraschend, unvorbereitet und ahnungslos trifft.

Vielleicht liegt die Schönheit der Frau auch in der Art, wie sie ihre kühle Nasenspitze in die Bettdecke steckt in einer kalten Winternacht. Und dann die dicken Wollsocken. Und die zarte Haut, die da und dort aufblitzt, wenn sie im Bademantel zur Tür geht und die Zeitung holt. Und die eifrige Umsicht, mit der sie die nächsten Ferien plant. Und die Erinnerungen, die man mit ihr teilt und die immer mehr werden.«

Das alles würde ich sagen, wenn einer meiner Urse mich danach fragen würde. Und dann würden wir zu unseren Frauen auf die Terrasse gehen und mit ihnen das Feuerwerk anschauen. Oder die Fotos vom Kalifornienurlaub.

Scheidung

Kürzlich standen mein Nachbar Urs und ich auf dem Kiesplatz und sprachen über Zeit und Vergänglichkeit.

»Also ich finde, heute ist alles besser als früher«, sagte ich.

»Alles?«, fragte Urs.

»Alles. Die ganze Welt und das ganze Leben. Ich sage nur: Zahntechnik. Reise- und Redefreiheit. Waadtländer Weißwein. Die Schweizer Armee.«

»Ein paar Sachen sind auch schlechter geworden«, entgegnete Urs. »Erdbeeren. Pfirsiche. Das soziale Netz. Und die Schweizer Armee weiß nicht mal mehr, wo ihre Gewehre rumliegen.«

»Ist das schlecht?«

»Jedenfalls ist alles anders geworden. Alte Freunde sind weggezogen. Die Spanische Weinhalle hat für immer geschlossen.«

»Das ist über dreißig Jahre her«, sagte ich. »Allmählich solltest du darüber hinwegkommen.«

»Die einzige Konstante in meinem Leben ist der Stadtpräsident. Seit sechzehn Jahren lächelt er mir jeden zweiten Tag aus dem Tagblatt entgegen und sagt: Glaubt uns doch, wir sind gut! Das gibt mir Halt im Leben, da fühle ich mich zu Hause. Was soll werden, wenn er zurücktritt?«

»Du hast recht«, sagte ich. »Es geht alles den Bach runter.«

»Und dann diese vielen Ehescheidungen. Bei mir im Büro sind alle geschieden außer mir. Ich komme mir schon ganz blöd vor, dass ich noch verheiratet bin. Bei jedem kommt irgendwann die Frau nach Hause und sagt: Du Schatz, mir ist ein bisschen fad, lass uns was unternehmen.

Darauf er: Hm, hm, lass mich überlegen, kommt denn nichts Gescheites im Fernsehen?

Darauf sie: Eben nicht, das ist ja das Dumme!

Darauf er: Ach so, verstehe, mal schauen – Du Schatz, ich hab's! Wir könnten doch scheiden gehen, das macht man jetzt so.

Darauf sie: Au du, das ist eine super Idee! Wir machen eine Scheidungsparty und laden unsere Freunde ein, und dann gehe ich mittwochs wieder zum Jazztanz und du kannst Bier saufen mit deinen Kumpels!«

»Und zack, sind sie geschieden.«

»Aber Weihnachten feiern sie gemeinsam wegen der Kinder, und im Sommer reiben sie einander im Freibad den Rücken mit Sonnencreme ein.«

»Wenn sie einander wenigstens totschießen würden.«

»Wie geht's eigentlich deiner Frau?«
»Gut, so viel ich weiß«, sagte ich. »Vielleicht sollte ich mal heimgehen und nachschauen. Die langweilt sich sicher schon ohne mich.«

Ein geostationärer Jetlag

*E*ines verstehe ich nicht: Wieso meine Urse immer dann wegfahren müssen, wenn es in Olten richtig schön wird. Das ganze Jahr über halten sie tapfer aus bei Nebel, Nieselregen und Langeweile, geduldig stehen wir in der Kälte auf dem Kiesplatz beisammen und ertragen Schnupfen, Rheuma und Novemberschwermut; aber kaum brechen die sonnigsten und wärmsten Tage des Jahres an, an denen das Städtchen selig schwitzt und sich sündig in den Hüften wiegt – kaum fangen die Sommerferien an, setzen sich alle ins Auto oder ins Flugzeug und fahren irgendwo hin. Manche nehmen den Zug. Weg fahren sie alle. Fast alle.

Warum nur? Gewiss ist's andernorts auch schön. Aber der Sommer ist so kurz, da will ich keine Stunde im Flughafenterminal verbringen. Und keine vor dem Gotthardtunnel. Ich will mich nicht um Liegestühle balgen, mich nicht am Strand langweilen. Und nicht am Gelato-Stand Schlange stehen.

Der Lohn des Zuhausebleibens ist köstlich. Frühmorgens erwacht man nicht vom Straßenlärm, sondern von Vogelgezwitscher. Im Kaffeehaus sind die besten

Tische frei. Im Freibad schwimmt man einsam seine Längen. An der Migros-Kasse ist man der einzige Kunde. Mittags sucht man sich ein schattiges Plätzchen und hält ein Nickerchen. Nachmittags schlendert man über leere Trottoirs auf der Schattenseite der Straße. Abends trifft man Freunde und Nachbarn, die ebenfalls zu Hause geblieben sind. Die Kinder spielen auf der Straße. Man trinkt und lacht bis spät in die Nacht und denkt zuweilen an die anderen, die weggefahren sind. Jene an den Stränden. In den Hotels. In den Whirlpools und Cocktailbars.

Eigentlich können wir Zuhausegebliebenen froh sein, dass die alle wegfahren. Würden sie zu Hause bleiben, wären die schönsten Tage nur halb so schön. Dann müsste man in der Migros Schlange stehen und im Strandbad läge ein öliger Film aus Sonnencreme.

Das Schönste am Sommer in Olten ist, dass die Tage doppelt so lang dauern wie die Nächte. Um acht, neun Uhr abends scheint noch die Sonne, selbst um zehn ist es noch nicht dunkel. Bei aller Lebenslust aber sollten wir auch unserer muslimischen Mitbürger gedenken, die während des Ramadan vom Morgengrauen bis zur Abenddämmerung fasten, bevor sie sich nachts fleischlichen Genüssen hingeben; für die ist es äußerst unangenehm, wenn der Fastenmonat in den Sommer fällt, wie es zur Zeit der Fall ist.

Vermutlich hatte Prophet Mohammed vor tausendvierhundert Jahren im fernen Arabien, als er die Fastenregeln festlegte, keine Kenntnis von den langen Oltner Sommertagen und den kurzen Nächten. In Mekka dauern Tag und Nacht ganzjährig rund zwölf Stunden; um sechs wird's hell und um sechs wieder dunkel. Aber je höher man in den Norden gelangt, desto ungünstiger wird im Sommerhalbjahr das Verhältnis zwischen Fasten- und Schlemmerzeit.

In Olten mag das noch einigermassen angehen, hier dauert die Sommernacht gut und gern sieben Stunden – reichlich Zeit für die hier ansässigen Muslime, sich die Bäuche vollzuschlagen. Im Norden Finnlands hingegen, wo die Sonne monatelang nicht untergeht, muss der sommerliche Ramadan zur lebensbedrohlichen Hungerkur werden; so kann sich der Prophet das nicht gedacht haben.

Dem Vernehmen nach behelfen sich manche Oltner Muslime, indem sie kurzerhand nachts zur Arbeit gehen und die allzu langen Tage zur Nacht machen; sie erfüllen ihre Fastenpflicht schlafend und kommen dank dieses Tricks mühelos wohlgenährt durch den Ramadan, leiden dann aber nach dessen Ende, wenn der Schlafrhythmus wieder umgestellt werden muss, unter einer Art geostationären Jetlags. Dagegen hilft nur eins: Sich nichts anmerken lassen.

Deswegen ist es gut, dass der Ramadan nicht auf immer und ewig in den Sommer fällt, sondern jedes Jahr um zehn Tage vorrückt; das Problem erledigt sich also von selbst, wenn er auf die Tag- und Nachtgleiche zu liegen kommt. Es droht aber im Jahr 2032 unter umgekehrten Vorzeichen eine neue Schwierigkeit, wenn die Fastenzeit um die Jahreswende stattfindet; denn in der ewigen Nacht des arktischen Winters wird sich kaum Gelegenheit zu Läuterung durch Verzicht ergeben, und auch in Olten wird dannzumal das tägliche Fasten nur halb so lange dauern wie die nächtliche Völlerei.

Unabhängig von all dem aber rückt mit jedem Sommertag der Herbst ein wenig näher. Ende Juli bricht die Zeit an, da ich morgens auf den Balkon trete und besorgt hinauf zum Nest der Mauersegler lausche, ob sie schon nach Mauretanien in ihr Winterquartier aufgebrochen sind. Solange das Fiepen der Kleinen zu hören ist, sind sie noch da. Und solange sie da sind, dauert der Sommer an.

Wenn ich dann in der Aare schwimmen gehe, sehe ich im Chessiloch eine einzelne Möwe auf einem Baumstrunk stehen. Eine Möwe mitten im Sommer? Das ist neu. Früher kamen Möwen in Scharen aus Polen zum Überwintern an die Aare, weil sie auf den verschneiten Müllkippen Osteuropas kein Futter mehr fanden. Nach dem Zusammenbruch des Sozialismus aber wurden Verbrennungsanlagen gebaut, die polnischen Möwen mussten aussterben oder neue müllkippenunabhängige Methoden der Nahrungsbeschaffung entwickeln; jedenfalls kommen sie seit Gorbatschow nicht mehr hierher. Und jene einzelne Möwe, die jetzt den Sommer im Chessiloch verbringt, sieht irgendwie anders aus als die polnischen Möwen und macht auch eine andere Art von Lärm. Mein Nachbar Urs sagt, es handle sich um eine Mittelmeermöwe, ihr Auftauchen nördlich der Alpen sei ein Symptom des Klimawandels.

Wenn ich beim Strandbad aus dem Fluss steige, sehe ich bei den Kinderbecken ungewohnt viele Serbokroatisch sprechende Familien. Man erkennt sie von weitem, weil sie ein bisschen anders aussehen und eher weniger Lärm machen als die einheimischen Familien. Die Männer sind kräftig gebaut, sitzen schweigsam beieinander und rauchen. Die Frauen sind hübsch zurechtgemacht, sitzen plaudernd beieinander und rauchen ebenfalls. Die Kinder planschen im Wasser und sind von einheimischen Kindern nicht zu unterscheiden.

Vermutlich werden diese Familien bald nach Serbien und Kroatien in ihre Winterquartiere zurückkehren, wenn die Sommersaison im Baugewerbe vorüber ist. Und zum Ende der Schulferien werden auch die letzten hiesigen Zugvögel aus ihren Sommerquartieren an den Stränden Spaniens, Italiens und Kroatiens heimgekehrt sein.

Am Bahnhof

Die Stadt Olten ist klein, aber der Bahnhof ist groß, weil sich hier die zwei wichtigsten Linien der Schweizerischen Bundesbahnen kreuzen; von hier geht's ohne Halt in alle Himmelsrichtungen nach Zürich, Basel, Luzern und Bern. Olten ist die soziale und wirtschaftliche Wasserscheide der Schweiz, das kann man jeden Werktag um sieben Uhr am Bahnhof beobachten. Unten in der Personenunterführung sind wir noch alle gleich und bunt gemischt. Aber wenn wir die Treppen hinauf zu den Perrons steigen, teilen wir uns auf in deutlich unterscheidbare Gruppen.

An Gleis 2 stehen die Leute, die in Zürich bei einer Bank arbeiten. Oder beim Fernsehen. Die Männer tragen taillierte Anzüge, machen kompetente Gesichter und nehmen niemanden wahr. Die Frauen tragen Deux-Pièces und schauen ebenfalls sehr ernst.

An Gleis 3 stehen die Leute, die in der Basler chemischen Industrie arbeiten. Dort scheint der Dresscode weniger streng zu sein, Freizeitkleidung herrscht vor. Viele tragen Trekkingkleider und führen Wasserflaschen mit sich, als würden sie zu einer Expedition in die

Tundra Sibiriens aufbrechen. An Gleis 8 stehen die Leute, die in Solothurn im Bildungs- und Sozialbereich tätig sind. Man sieht Sandalen und Freitag-Taschen, viele haben ihr Frühstück von zu Hause mitgebracht und werden es im Zug verzehren.

An Gleis 9 stehen die Leute, die Anstellungen bei der Bundesverwaltung in Bern haben. Viele tragen graue, nicht sehr gut sitzende Jacketts und Mephisto-Schuhe. Man muss vermuten, dass es in Bern einen spezialisierten Ausstatter für Bundesbeamte gibt. Weiter nehme ich an, dass dieses Tenue nur zu beruflichen Zwecken getragen wird. Mein Nachbar Urs jedenfalls, der beim Bundesamt für Veterinärwesen arbeitet, zieht seine Mephisto-Schuhe nur an, wenn er nach Bern fährt.

An Gleis 12 stehen Touristen und Italiener, die nach Luzern und weiter nach Italien reisen. Berufspendler sieht man keine. In Luzern arbeitet nach meiner Beobachtung niemand.

Ich wünschte mir, dass einmal an einem Morgen die Schweizerischen Bundesbahnen ihre Züge auf anderen Gleisen einfahren ließen. Dann würden die Solothurner Sozialarbeiter nach Zürich fahren und dort einen Tag lang die Bankenbranche aufmischen. Die Zürcher Banker würden nach Bern fahren und den Bundesbeamten etwas über effizienzorientiertes Arbeiten erzählen. Die Basler Chemie-Arbeiter dürften nach Italien in die Ferien verreisen. Die Luzern-Touristen und die

Italiener dürften Solothurner Torte kosten, und die Berner Bundesbeamten dürften nach Basel in die Chemiefabriken fahren und beobachten, wie das ist, wenn man nicht Dienst leistet, sondern etwas anfertigt.

Für uns Kleinstädter hat der große Bahnhof den nicht zu unterschätzenden Vorteil, dass wir jederzeit von hier fort kommen. Jeder Oltner und jede Oltnerin gerät fast täglich über die Stadtgrenzen hinaus mindestens bis nach Trimbach, Wangen oder Dulliken. Man müsste schon schwer verletzt oder schwermütig sein, damit das längere Zeit nicht geschähe.

Diese Mobilität ist bekanntlich nicht allen Menschen auf der Welt vergönnt. Ich habe Cousins in Paris, die vom Ende der Sommerferien bis zum Anfang der Sommerferien keinen Fuß vor die Stadt setzen. Und ich habe Freunde in Berlin, welche die Erde für eine Scheibe halten, die in Potsdam und Köpenick abbricht.

Solch provinzielle Selbstgenügsamkeit kann sich in Olten nicht breitmachen. Wir wissen aus täglicher Erfahrung, dass es jenseits von Wangen und Dulliken auch noch eine Welt gibt, und dass einen diese Welt zuweilen unerwartet heimsuchen kann.

Mein Nachbar Urs – der frisch Geschiedene, der häufig wechselnde Liebschaften unterhält – weiß das besser als die meisten von uns, weil sein großes, leeres Heim nicht ausreichend Gravitation entwickelt, ihn zu Hause zu halten. So hatte er einst eine Freundin in Basel und verspürte spät abends noch das dringende Bedürfnis, sie zu besuchen. Also setzte er sich in den Zug. Während der Fahrt mit dem ICE, die ohne Halt bis Basel eine knappe halbe Stunde dauerte, wurde er schläfrig, weil der Tag lang gewesen war und er auch schon ein bisschen was getrunken hatte.

Also bettete er sein Haupt kurz gegen das Fenster.

Und als er die Augen wieder aufmachte, hatte der Zug angehalten, und draußen auf dem blauen Ortsschild stand in großen weißen Lettern »Hamburg-Altona«.

Ein anderes Mal buchte er in seinem Elend Thailand-Ferien und flog von Zürich über Düsseldorf zehn Stunden nach Bangkok, wo er sich vom Immigration Officer erklären lassen musste, dass man nicht mit einem Personalausweis um die halbe Welt fliegen könne und er besser einen Reisepass mit gültigem Visum dabei hätte.

Darauf zuckte Urs mit den Schultern und wies darauf hin, dass ihn die Flughafenleute in Zürich und Düsseldorf mit seinem Personalausweis immerhin hätten ins Flugzeug steigen lassen, weshalb er jetzt gern zum Shuttle-Bus gehen und sein Hotelzimmer am Strand beziehen würde.

»No, you have two options«, sagte der Officer. Entweder eine Gefängniszelle in Bangkok oder sofortiger Heimflug in die Schweiz.

»That's an easy choice«, sagte Urs und ging in die Smoking Lounge. Dort rauchte er zehn filterlose Camel, bis sein Flugzeug zum Einsteigen bereit war, und vierzehn Stunden später traf er wohlbehalten wieder an der Elsastraße ein.

Ein anderer von meinen Ursen besitzt heimlicherweise einen orange lackierten 1976er Porsche Carrera, einen Traum von einem Auto, kräftig, grob und ungebärdig und doch zuverlässig und robust, ein herrliches Spielzeug für große Buben.
Nun ist der fragliche Urs selber der Ansicht, dass Fahrzeuge dieser Art nur jungen Leuten gut stehen, während Männer über vierzig sich nicht damit blicken lassen sollten, wenn sie es vermeiden möchten, der Lächerlichkeit anheimzufallen.
Die Sache mit dem orangen 76er Carrera ist nun aber die, dass Urs diesen nicht in einem Anfall von Blödigkeit selbst erworben, sondern geschenkt erhalten hat. Eine verwitwete Tante hatte ihn bekniet, ihr das Ding vom Hals zu schaffen, das ihr seliger Gatte sich in seinem dritten Frühling kurz vor dem Ableben gegönnt hatte. Was sollte Urs tun? Der Tante den Wunsch abschlagen? Ein Herz aus Stein hätte er haben müssen. Also holte er sich den Porsche mitsamt den Papieren.
Vom ersten Tag an aber war ihm klar gewesen, dass er sich damit niemals in Olten würde blicken lassen können. Mit den Fingern hätte man auf ihn gedeutet und auf den Stockzähnen gegrinst, die Freunde hätten ihren Neid

hinuntergeschluckt und süffisante Witze gemacht, und die Damen hätten sich naserümpfend von ihm abgewandt. Na gut, die ganz jungen Mädchen hätten sich vielleicht die Hälse verdreht. Aber wollte man das anstreben, wenn man selbst kein ganz junger Bub mehr war? Mit einem Wort, der Porsche war unmöglich. Also mietete er eine Garage im Nachbarstädtchen Aarburg unweit der Autobahn. Wenn ihn die Sehnsucht packt, fährt er mit dem Bus hin, holt den Porsche ans Tageslicht und brettert nach Perugia, wo ihn keiner kennt. Dann sitzt er auf der Piazza bei einem Sanbitter und denkt sich, dass das Leben doch schön sei.

Da wir schon vom Fortkommen und Zuhausebleiben sprechen, möchte ich noch eine wahre Geschichte über meine Mutter erzählen, die als junges Mädchen Grundschullehrerin in einem Bauerndorf namens Büsserach war, das drei oder vier Hügelzüge hinter Olten liegt. Sie war dort geboren und aufgewachsen und wohnte noch bei den Eltern in ihrem Mädchenzimmer unter dem Dach, und ihr Vater war ebenfalls Lehrer gewesen wie schon ihr Großvater und ihr Urgroßvater.
Es muss im Frühjahr 1960 gewesen sein, als meiner Mutter in Büsserach alles zu eng wurde, also meldete sie sich bei der Internationalen Stellenvermittlung für Schweizer Lehrkräfte. Unter vielen Angeboten entschied sie sich für einen Job in New York als Erzieherin

von Humphrey Bogarts elfjährigem Sohn Stephen und der achtjährigen Tochter Leslie. Das ist wirklich wahr, meine Mutter bezeugt das auf Wunsch jederzeit.

Bogart selbst war drei Jahre zuvor an Speiseröhrenkrebs gestorben. Seine Gattin Lauren Bacall schrieb meiner Mutter freundliche Briefe nach Büsserach und gab ihr Tipps für die Reise nach New York. Meiner Mutter stieg der Duft von Hollywood in die Nase, sie hatte Humphrey Bogart und Lauren Bacall im Kino gesehen. Sie hätte nur noch ins Schiff einsteigen müssen. Aber dann tat sie es nicht. Von Büsserach nach New York – das war ihr irgendwie zu viel. Stattdessen entschied sie sich für einen Englischkurs in Oxford. Und auf der Fahrt dorthin lernte sie in Paris meinen Vater kennen.

Mag sein, dass sie es hin und wieder bereut hat, nicht nach New York gefahren zu sein. Wer weiß, was für einen Lauf ihr Leben mit Humphrey Bogarts Kindern genommen hätte. Andrerseits hat ihr Leben ja einen Lauf genommen. Und in all den Jahren, die folgten, hatte sie noch viele weitere Entscheide zu fällen, die genauso weitreichend waren. Wer weiß, was alles hätte sein können. Und was nicht passiert wäre.

Niemand weiß es, und es ist auch egal. Wichtig ist nur, was war. Und was ist. Meine Mutter sitzt jeden Donnerstag mit ihren Freundinnen im Café Ring in fröhlicher Runde. Wäre sie nach New York gefahren, säße sie nicht dort. Oder doch? Wer weiß.

Olten Road

*I*ch habe wie erwähnt fünf Nachbarn mit Vornamen Urs. Zwei lieben Olten, drei hassen Olten. Die einen halten Olten für das blödeste Kaff des Universums, die anderen glauben, es sei der Garten Eden. Die einen schimpfen ohne Unterlass, die anderen jubeln die ganze Zeit und quasseln von einzigartiger Lebensqualität. Manchmal tauschen sie die Rollen. Dann jubeln jene, die sonst schimpfen, und umgekehrt. Widersprechen darf man keinem. Und alle fünf bekommen Heimweh, sobald sie den Glockenturm der Altstadt nicht mehr sehen können. Manchmal haben sie auch schon Heimweh, wenn sie den Glockenturm noch sehen können.
Ich weiß nicht, ob das an anderen Orten – in Passau zum Beispiel, oder in Pasadena – auch so ist. Ich nehme es an. Es liegt einem halt jener Ort am meisten am Herzen, den man am besten kennt. Man findet jenen Waldrand den schönsten auf der Welt, an dem man sein erstes Mädchen geküsst hat. Und man hält jene Bausünden für die hässlichsten, die man seit Jahrzehnten anschauen muss. Man hält die eigene Dorfzeitung für die weltweit einfältigste, weil man sie jeden Tag lesen

muss. Und man hält seine Lokalpolitiker für die unfähigsten, weil man sie mangels Alternativen alle vier Jahre wiederwählen muss.

Objektiv betrachtet kann das natürlich nicht stimmen. Die Oltner Waldränder sind gewiss sehr schön, aber doch einfach Waldränder. Unsere Bausünden sind auch nicht hässlicher als jene in Passau oder Pasadena. Und was die Dorfzeitung betrifft: die ist ja nun wirklich überall gleich. Ich finde es schön, wenn man seinem Ort in Liebe und Hass verbunden ist. Und gewiss muss man, um ihn lieben zu können, den Ort auf die eine oder andere Weise einzigartig finden. Andrerseits ist es doch anstrengend, ständig in Superlativen zu leben.

Ich selber bin ganz froh, dass Olten nichts Besonderes ist. Das hat Lebensqualität. Dieses Gewöhnliche, Unspektakuläre, ganz und gar Durchschnittliche – das gibt's nicht noch einmal. Meiner Meinung nach ist Olten die durchschnittlichste Stadt des Universums. Ich habe recht und dulde keinen Widerspruch. Einzigartig. Extrem faszinierend. Wer's nicht kennt, sollte sich das mal ansehen. Ich liebe es.

Umso mehr habe ich mich gewundert, als einer meiner Urse kürzlich weggezogen ist. Ins Grüne. An den Waldrand. In die Agglomeration. Nach Rickenbach. Ich konnte es ihm nicht ausreden. Schwerwiegende Sache, er ist in unserer Straße aufgewachsen. Vielleicht war's der Wille der Frau. Oder sein eigener. Wer weiß. Jetzt also

Rickenbach, nun gut. Des Menschen Wille ist sein Himmelreich.

Ich selber stehe jetzt vor der neuen Situation, dass ich nur noch vier Nachbarn mit Namen Urs habe. Eigentlich waren's ja sechs und sind's jetzt noch fünf, aber einer hat sich verbeten, dass ich über ihn schreibe, deswegen muss ich ab sofort sagen, es seien vier. Der neue Nachbar, der in Urs' Haus einzieht, heißt nicht Urs. Sondern Peter. Oder Rolf.

Bekanntlich ist Olten eine der wenigen Städte auf der Welt, die ein eigenes, nach ihr benanntes Kakao-Getränk haben. Es heißt Banago. »Ba« weist auf das Bananenmehl hin, das in der ursprünglichen Rezeptur von 1927 enthalten war, und »Nago« steht für »Nährmittelwerke Olten AG«. Vor zwölf Jahren war die Produktion im Zuge der Globalisierung eingestellt worden, kürzlich wurde sie wieder aufgenommen, weil die Leute von der Globalisierung allmählich die Nase voll haben. Der Verkauf läuft gut. Meine Kinder lieben Banago.

Übrigens ist Olten auch eine der ganz wenigen Städte, nach der eine Ladenkette benannt wurde. Sie war nach Coop und Migros die größte der Schweiz und hieß Usego, was für »Union schweizerischer Einkaufsgenossenschaften Olten« stand. Gegen Ende des letzten Jahrhunderts ist sie im Zug der Globalisierung den Weg allen Detailhandels gegangen, aber das palastähnliche Usego-Zentrallager aus der Gründerzeit steht noch am

westlichen Stadtrand. Ich würde mich freuen, wenn auch die Usego wiederbelebt würde, diese Lidls und Aldis auf der grünen Wiese sind doch nicht das Wahre.
Und dann gab's auch noch Oltenia-Fahrräder, die Schriftstellergewerkschaft »Gruppe Olten« und das Oltner Generalstreikkomitee. Manchmal wünschte ich mir, die würden alle wiederkehren.
Kürzlich unternahm ich nach langer Babypause wieder einen Waldlauf und entdeckte im Föhrenwald zu meinem Erstaunen, dass dort jemand kleine blaue Wegweiser mit der weißen Aufschrift »Zurich« an die Föhren genagelt hatte. Nanu, dachte ich mir, ein direkter Wanderweg von Olten nach Zürich? Das wäre eine Distanz von zwei langen Tagesmärschen. Hängen dann umgekehrt vor den Toren Zürichs kleine blaue »Olten«-Schilder an den Bäumen? Die Distanz bliebe sich ja gleich. Bei genauerem Hinsehen aber stellte ich fest, dass es sich um die neue Ausschilderung des Fitness-Parcours handelte, der von der »Zurich«-Versicherung gesponsert wird. Die Ü-Pünktchen sind übrigens weggefallen – ich habe mich am Hauptsitz des Konzerns erkundigt –, weil »Zurich« ein internationales Unternehmen sein will und es im Englischen keine Umlaute gibt.
Uns Oltnern kann es Gott sei Dank nicht passieren, dass man uns den Umlaut wegnimmt. Erstens hat die Stadt keinen im Namen, und zweitens hegt meines Wissens

niemand den Ehrgeiz, aus Olten ein internationales Unternehmen zu machen. Hingegen könnte einer aus krausen Motiven auf die Idee verfallen, die Wanderwege nach Olten mit »Ölten« zu beschriften. Das fände ich lüstig.

In diesem Zusammenhang mag es von Interesse sein, dass das Textprogramm meines Computers »Olten« automatisch hartnäckig auf »ölten« korrigiert, was mir namentlich bei der Abfassung dieses Schriftstücks erheblichen Ärger bereitet. Vermutlich ist mit »ölten« die Vergangenheitsform von »ölen« gemeint. Als ich darüber meinem Nachbarn Urs berichtete, machte er mich darauf aufmerksam, dass mein eigener Name ja auch mit Ü ausgesprochen, aber mit U geschrieben wird. Stimmt eigentlich, dachte ich. Verkehrte Welt.

Wenig bekannt ist im Städtchen die Tatsache, dass es auf der Welt ein paar Dutzend Menschen gibt, die »Olten« als Familiennamen tragen. In der Deutschschweiz heißt niemand Olten, aber im Kanton Genf gibt es einen Bruno Olten und einen Rafaël Olten, der aparterweise zwei Umlautpünktchen auf dem E trägt; als Frankophoner darf er das, solange er kein internationales Unternehmen sein will. Das deutsche Telefonbuch verzeichnet einen Matthias Olten in Köln, in Dortmund leben Dieter und Susanne sowie Jörg und Elke Olten. Ein Geschlecht namens »Ölten« gibt es nicht. Nicht, dass ich wüsste.

Am bekanntesten ist wohl die Schriftstellerin Manuela Olten, die in Offenbach lebt und sehr schöne Kinderbücher verfasst. Sie berichtete mir auf Anfrage, dass ihre Familie ursprünglich »Ochse« hieß und den Namen in »Olten« änderte, weil das hübscher klingt. Jedenfalls sei sie froh, nicht Manuela Ochse zu heißen. Dem kann man als Oltner nur beipflichten. Wir sind auch froh, nicht in Ochse zu wohnen.

Übrigens hat Manuela Olten unserem Städtchen schon mehrere Besuche abgestattet. Ihre Kinder finden es immer witzig, ihren Nachnamen auf Straßenschildern zu lesen. Nun gibt es in der Umgebung von Olten ziemlich viele Schilder, auf denen Olten steht. Aber wenn Manuelas Kinder die erst mal alle gesehen haben, müssen sie weit reisen, um neue zu finden. Soweit mir bekannt ist, gibt es auf der ganzen Welt kein zweites Olten. Auch nicht in Amerika.

Etwa hundert Kilometer östlich von Los Angeles immerhin findet sich im San Bernardino National Forest ein Waldweg namens Olten Drive. Er ist nicht asphaltiert und nur etwa fünfundzwanzig Meter lang, und woher er seinen Namen hat, konnte mir bei der Forstverwaltung niemand sagen.

Deutlich präsentabler ist da eine nette kleine Sackgasse namens Olten Road im Alpine Village östlich von Pittsburgh, Pennsylvania. In der Nachbarschaft gibt es auch einen St. Moritz Drive, den Interlaken Drive und den

Luzerene (sic!) Drive. An der Olten Road stehen sechzehn kleine Einfamilienhäuser aus den Sechziger Jahren, von denen immer mal wieder eins für rund 120 000 Dollar zum Verkauf steht. Ringsum gibt es Hügel und Wälder, das sieht ganz nett aus, und ein breiter Fluss fließt nah vorbei. Die Gegend war früher berühmt für ihre Eisenbahn- und Stahlindustrie und kam dann ein wenig herunter, heute boomen Dienstleistungen und Medizintechnik.

Das kommt mir alles eigentümlich bekannt vor. Ich würde mich nicht wundern, wenn es an der Olten Road einen Schriftsteller gäbe, der stark mit der Aufzucht einer vielköpfigen Kinderschar beschäftigt ist und fünf Nachbarn hat, die mit Vornamen John oder so heißen.

Zwei Oltner Buben
in der Fremde

Am 27. November 2013 war es genau hundert Jahre her, dass sich in Olten nachts um zehn bei winterlicher Kälte zwei Gestalten fortschlichen, um sehr lange Zeit nicht wiederzukehren. Der eine hieß Adolf Hunziker. Er war achtzehn Jahre alt und Angestellter bei der Eisenbahn. Sein Freund Alfred Santschi war erst sechzehn und Klempnerlehrling bei der Lastwagenfabrik Berna. Niemand im Städtchen bemerkte in jener Nacht ihr Verschwinden, denn sie tauchten im Schutz der Dunkelheit in den Bannwald am nördlichen Stadtrand ein. Ich aber weiß, was ihnen in der Folge widerfuhr, denn ich habe Adolf Hunzikers Lebenserinnerungen vor mir auf dem Schreibtisch liegen.

Die zwei Freunde liefen über Trimbach hinauf nach Ifenthal. Dort machten sie Rast und schauten ein letztes Mal hinunter auf die Lichter ihrer Vaterstadt. Dann ging's über den Hauensteinpass nach Läufelfingen, Sissach und Liestal, wo ein Müller sie auf seinem Fuhrwerk bis nach Basel mitnahm. Zu Fuß überquerten sie die deutsch-elsässische Grenze nach Sankt Ludwig, versetzten ihre Wertsachen für ein paar Mark im Pfandleihaus und fuhren mit der Eisenbahn vierter Klasse über Mülhausen zum französischen Grenzbahnhof Münsterol.

Es war schon wieder Nacht geworden, aber fürs Hotel hatten Adolf und Alfred kein Geld. Also liefen sie weiter durchs Schneegestöber. Um Mitternacht mussten sie einem deutschen Grenzwächter Auskunft geben über ihr Woher und Wohin. Die zwei Burschen logen, dass sich die Balken bogen, und der Grenzwächter durchschaute sie. »Ach Jungs«, sagte er, weil er wusste, was sie im Schilde führten. »Kauft euch lieber einen Strick!« Dann ließ er sie laufen.

Am nächsten Morgen kamen Alfred und Adolf in der Garnisonsstadt Belfort an und zogen durch hohe Festungsmauern zur Kaserne, wo große, bunte Plakate für die Kolonialarmee warben: Troupes coloniales, Chasseurs d'Afrique, Spahis Algériens, Légion Etrangère, Sénégal, Tonkin, Madagaskar. Die zwei Oltner Buben traten in den Hof ein, wo schon einige Männer und Jünglinge umherstanden. Nach langem Warten ging eine Tür auf, und ein Korporal mit breiten, grellroten Hosen rief: »Les engagements pour les colonies, entrez!«

Im Sanitätszimmer mussten sie sich nackt ausziehen und eingehend untersuchen lassen. Nachdem der Regimentsarzt beschlossen hatte, dass Adolf Hunziker und

Alfred Santschi die fünf Centimes Tagessold wert seien, wurde ihnen ein Blatt Papier zum Unterschreiben vorgelegt, auf dem stand: »Ich verpflichte mich für fünf Jahre in die Fremdenlegion und werde gehen, wohin Frankreich mich schickt, und alle Befehle ausführen.«

Dann bekam jeder einen halben Laib Brot und ein großes Stück Käse, zudem einen Franc und 25 Centimes sowie einen Transportschein nach Marseille, und dann führte sie ein Korporal zum Bahnhof. Als nun ihr Zug dem Mittelmeer entgegenratterte, gefiel Alfred und Adolf die Sache schon nicht mehr so richtig. Sie dachten bei jedem Halt an Flucht, getrauten sich mit ihren Transportscheinen aber nicht über die Bahnhofsperren hinaus.

Am Bahnhof von Marseille erwartete sie wiederum ein Korporal und führte sie zur alten Festung Saint Jean, die unten am Hafen im Wasser stand. Und als sich deren mächtiges Tor hinter ihnen geschlossen hatte, war's mit der Freiheit vorbei. In der Festung befanden sich hundert weitere Legionäre. Die Rekruten lauschten mit großen Augen den schauerlichen Geschichten gelbgesichtiger Veteranen und bereuten schon bitter ihren fünfjährigen Treueeid auf die Trikolore. Adolf kaufte in der Militärkantine eine Ansichtskarte und schrieb folgende Zeilen nach Hause an die Oltner Rosengasse: »Meine Lieben! Teile Euch mit, dass ich mich gestern zur Fremdenlegion anwerben ließ. Wir fahren morgen

Abend nach Afrika. Auf Wiedersehen, so Gott will, in fünf Jahren! Adolf.«

Ihre erste Nacht als Legionäre verbrachten Adolf Hunziker und Alfred Santschi schlaflos in der Festung Saint Jean. Keiner der Rekruten schlief. Manche hatte der Hunger zur Legion getrieben, andere ein Streit mit dem Vater, wieder andere eine unglückliche Liebesgeschichte. Ein vierundzwanzigjähriger Jude aus der Ukraine setzte sich neben Adolf, zündete eine Zigarette an und erzählte ihm seine Geschichte.

Er war noch ein kleiner Junge gewesen, als bei einem Pogrom seine Mutter, sein Vater und seine Schwester ermordet wurden. Ein Onkel rettete ihn in höchster Not und fuhr mit ihm an Bord eines Emigrantenschiffs über das Schwarze Meer nach Rumänien.

Dort wuchs er heran, lernte einen guten Beruf und machte, als er zwanzig war, die Bekanntschaft eines schönen Mädchens, das er heiraten wollte. Weil aber der Onkel sich dagegen sträubte, brannte er mit ihr durch, um in Paris sein Glück zu machen. Dort hatten sie es zu Beginn schwer, aber nach einer Weile fanden sie beide Arbeit und wohnten in einem gemütlichen Zimmer an der Rue Magenta.

Er war glücklich und freute sich auf die Zukunft. Als er aber an einem unfreundlichen Novemberabend nach Hause kam, war das Zimmer leer. Auf dem Tisch lag ein Zettel, auf dem stand, dass sie ihn für immer verlassen habe. Nach ein paar Tagen hielt er sein Unglück nicht mehr aus und meldete sich zur Legion, um unter einem anderen Himmel ein neues Leben zu beginnen.

Niemand kennt seinen Namen, seine Spur verliert sich im Dunkel der Vergangenheit. Und wäre in jener schlaflosen Nacht nicht Adolf Hunziker da gewesen, um dessen Geschichte aufzuschreiben, hätten wir Heutigen keine Ahnung, dass vor hundert Jahren ein ukrainischer Jüngling voller Hoffnungen mit einem schönen Mädchen nach Paris durchbrannte.

Adolf Hunziker und Alfred Santschi blieben nur eine Nacht in der Festung Saint Jean. Am folgenden Nachmittag, dem 30. November 1913, gab es schon um vier Uhr Abendessen, eine Stunde später waren sie an Bord des brandneuen Postdampfers »Duc d'Aumale«. Weitere zwanzig Minuten später wurden die Anker gelichtet und das Schiff fuhr am Château d'If vorbei, in dem der Graf von Monte Christo achtzehn Jahre geschmachtet haben soll. Nach einer Stunde waren alle Rekruten seekrank und erbrachen sich über die Reling, und in der Nacht fuhr das Schiff, stets von Delphinen begleitet, an Mallorca vorbei bis nach Oran an der Küste Nordafrikas. Von dort ging die Reise mit der Eisenbahn südwärts in Richtung Sahara bis zur Garnisonsstadt Sidi Bel Abbès.

Dort bekamen Adolf und Alfred Uniformen samt Käppi, Bajonett und Pistole, und dann mussten sie ihre zivilen

Sachen vor der Kaserne fliegenden Händlern verkaufen. Am Abend sagte ihnen der Zimmerchef, es sei noch ein weiterer Schweizer aus Olten da, der heiße Studer. Adolf Hunziker hielt Ausschau nach einem Oltner Gesicht, fand aber keines. Als er jedoch nach diesem Studer rief, erhob sich tatsächlich ein Legionär, der lang ausgestreckt auf seinem Bett gelegen hatte, und rief: »Présent!«

Adolf Hunziker schaute dem Legionär in die Augen und entdeckte zu seinem größten Erstaunen Viktor Studer, seinen ehemaligen Chef in der Oltner Seifenfabrik Sunlight. Jener Viktor Studer war zwei Jahre zuvor aus Olten verschwunden, so steht es im Register der Einwohnerkontrolle. Er war vierzehn Jahre älter als Adolf und einmal mit einer Margaritha Müller verheiratet gewesen, und er war wie Adolf Hunziker an der Rosengasse aufgewachsen.

Am zweiten Tag in Sidi Bel Abbès legten Adolf Hunziker und Alfred Santschi ihre bürgerlichen Namen ab und erhielten Nummern. Hunziker war fortan Legionär 15427, Santschi trug die 15428.

Der Alltag in Sidi Bel Abbès war hart. Dauerlauf um das Viereck des Exerzierplatzes unter der afrikanischen Sonne, eins zwei, eins zwei. Kartoffeln schälen, Waffe putzen. Latrinen schrubben und im Straßenbau schuften, dann wieder Dauerlauf, eins zwei, eins zwei. Alle zehn Tage fünfzig Centimes Sold. Für fünf Centimes bekam man einen Liter dicken algerischen Rotwein. Den Rest trugen 15427 und 15428 in die Freudenhäuser des »Village nègre«, ins »Moulin Rouge«, das »Chat noir« und das »Palmier«. Dort schlürften sie Schnaps in Gesellschaft von Frauen und hörten sich ihre traurigen, erlogenen und deswegen nicht minder wahren Lebensgeschichten an.

Längst bereuten sie es bitter, nicht zu Hause in Olten geblieben zu sein. Noch hatten sie vier Jahre und elf Monate Dienst vor sich, die Verzweiflung war groß. Dann kamen Weihnachten, Silvester 1913 und Neujahr 1914. Die Kaserne war festlich beleuchtet, in der Kantine waren die Tische mit weißen Tüchern gedeckt. In einer Zimmerecke aber kauerten in Gedanken versunken die Legionäre 15427 und 15428. Bei ihnen saßen zwei weitere junge Schweizer, ein Stadtberner namens Otto Schreier und ein Oberländer namens Gustav Balmer. Flüsternd und tuschelnd heckten die Vier einen Plan aus: Sie wollten desertieren. Zu Fuß bis nach Tripolis, der Hauptstadt von Tripolitanien, und dann übers Meer. Und zwar nicht irgendwann, sondern sofort. Gleich am folgenden Abend um sieben Uhr.

Die Schwierigkeit war nur die, dass keiner von ihnen jemals eine Karte Nordafrikas gesehen hatte, weshalb ihnen nicht bewusst war, dass ihr Fußmarsch nach Tripolis tausenddreihundert Kilometer durch die Wüste führen würde.

Am 2. Januar 1914 flohen Adolf Hunziker, Alfred Santschi, Otto Schreier und Gustav Balmer aus der Kaserne von Sidi Bel Abbès. Der wachhabende Unteroffizier am großen Ausgangstor musterte sie misstrauisch, ließ sie aber passieren. Sie schlichen entlang der Festungsmauer nach Nordosten und liefen der Sahara entgegen, immer abwechselnd im Lauf- und Marschschritt. Als der nächste Morgen graute, hatten sie schon siebzig Kilometer zurückgelegt. Bei Tageslicht galt es vorsichtig sein, gewiss waren ihnen schon Suchtrupps auf den Fersen. Zudem wussten die Eingeborenen, dass auf jeden Deserteur ein Kopfgeld ausgesetzt war.

Die Stunden von Sonnenaufgang bis Sonnenuntergang verbrachten sie an einem einsamen Wasserloch. Am Mittag entdeckten sie in der Ferne Reiter, die direkt auf sie zuzuhalten schienen. Sofort versteckten sich die Vier im Palmengestrüpp. Eine Stunde verharrten sie so, die Reiter kamen näher. Es waren sieben Spahis, maghrebinische Kavalleristen in französischem Dienst. Einen Steinwurf von den Flüchtigen entfernt tränkten sie ihre Pferde, dann verschwanden sie dem Horizont entgegen.

In der folgenden Nacht ging die Flucht weiter, vorbei an kleinen algerischen Weilern, in denen nackte Kinder vor Zelthütten mit mageren Ziegen spielten. Der Mond stieg aus dem Sandmeer auf und goss sein fahles Licht über die Wüstenlandschaft, in der vier Schatten schweigend marschierten. Im Sand schimmerten weiß die Knochen verendeter Pferde und Kamele. Als wiederum der Morgen graute, legten sich die Vier in ein Gestrüpp und verbrachten dort den Tag. Ihr Proviant bestand aus gedörrten Datteln und grünen Oliven.

So ging es fünf Tage und sechs Nächte lang. Die Deserteure hatten schon dreihundert Kilometer zurückgelegt. Hunziker und Santschi waren in Gedanken schon wieder zu Hause in Olten bei ihren Lieben. Aber sie waren erschöpft und beschlossen, jetzt mal eine Nacht lang auszuruhen.

Und dann begingen sie den Fehler, ein Lagerfeuer zu entfachen.

Steil stieg der Rauch himmelan und verriet jedem in weitem Umkreis, dass auf einem einsamen Hügel jemand Rast machte. So dauerte es nicht lang, bis eine laute Stimme »Haut les Mains!« rief.

Es waren vier Piccos, Araberpolizisten, und gut bewaffnet. Hunziker und Santschi hatten einander zwar geschworen, ihre Freiheit bis aufs Äußerste zu verteidigen und sich keinesfalls kampflos zu ergeben. Aber wie die Dinge lagen, war Widerstand zwecklos.

Die Piccos nahmen ihnen die Waffen ab und fesselten sie wie Sklaven aneinander, dann ging's auf dem gleichen Weg zurück nach Sidi Bel Abbès. In der Kaserne kassierten die Piccos das Kopfgeld für die vier Ausreißer, und jene wurden zu fünfzehn Tagen Gefängnis verurteilt. Für gewöhnlich sah das Gesetz bei Desertion Tod durch Erschießen auf dem Kasernenhof vor. Milde gab es nur für Rekruten wie Santschi und Hunziker, die noch nicht drei Monate bei der Legion waren.

Das Gefängnis war ein stinkendes Loch ohne Latrine und so dunkel, dass Hunziker und Santschi nie erfuhren, wie viele Häftlinge mit ihnen die Zelle teilten. Nach fünfzehn Tagen waren sie von allen Fluchtgedanken geheilt und wussten ganz sicher, dass sie für den Rest ihrer Dienstzeit bedingungslosen Gehorsam üben würden.

Einige Wochen vergingen ohne besondere Vorkommnisse. Santschi wurde krank und lag im Lazarett, Hunziker musste am Wochenende seinen Sold allein im Village Nègre verprassen. Eine freudige Überraschung erlebte er an einem Samstag im März, als ohne Ankündigung sein Vater vor dem Kasernentor stand. Aus Vaterliebe war er den ganzen Weg von Olten nach Sidi Bel Abbès gereist, um dem Sohn mit Geld und zivilen Kleidern zur neuerlichen Flucht zu verhelfen.

Man kann sich vorstellen, dass der Sohn dem Vater unter Tränen dankte. Aber Adolf wagte es nicht, aufs Neue zu desertieren. Denn ein zweites Mal hätte die Justiz der Legion kein Pardon gekannt; die dreimonatige Schonfrist war vorbei, er war kein Rekrut mehr. Der Vater fuhr unverrichteter Dinge nach Hause, der Sohn blieb in der Kaserne.

Ende April 1914 wurde Hunziker einer Truppe zugeteilt, die westwärts nach Marokko in den Kampf gegen unbeugsame Berberstämme zog. In der Nacht vom 9. auf den 10. Mai 1914 musste er erstmals auf Menschen schießen, als seine Einheit in den kahlen, schwarzgrauen Bergen vor Taza in einen Hinterhalt geriet.

Alfred Santschi blieb, weil er immer noch krank war, zurück in Sidi Bel Abbès. Im August 1914, als der Erste Weltkrieg ausbrach, war er siebzehn Jahre alt, wieder gesund und kämpfte dort, wo Frankreich ihn haben wollte – als erstes an der türkischen Küste in der Schlacht um Gallipoli, in der eine halbe Million Soldaten starben. Eine Gewehrkugel schoss ihm den rechten Mittelfinger ab, eine zweite blieb ihm für den Rest seines Lebens im Bein stecken.

Adolf Hunziker hingegen verbrachte die ganze Kriegszeit in Marokko. Er wurde zum Sergeant befördert und einer Maschinengewehrkompanie zugeteilt, schoss zahllose Feinde tot und sah in seiner fünfjährigen Dienstzeit über tausend Kameraden sterben. Am 10. Oktober 1918 nahm er seinen Abschied und machte sich auf die achtundvierzigtägige Heimreise nach Olten, wo er am 27. November 1918 eintraf – auf den Tag genau fünf Jahre nach seiner Flucht, und zwei Wochen nach Ende des Ersten Weltkriegs. Er war dreiundzwanzig Jahre alt und hatte schon graue Schläfen. Am Leib war er unversehrt.

Adolf Hunziker wurde Zugführer bei den SBB. Auch

sein Freund Alfred Santschi kehrte nach Kriegsende in die Heimat zurück und fand Arbeit als Heizungsmonteur. Beide blieben zeitlebens in Olten. Nach Feierabend trafen sie einander gelegentlich im Restaurant Jakobsbrunnen. 1924 heiratete Hunziker, drei Jahre später Santschi. Hunziker hatte vier Söhne, Santschi eine Tochter und vier Söhne, von denen der zweitjüngste, Edgar, bis heute an der Neuhardstraße wohnt. Seine Frau Magdalena ist Verkäuferin in der Migros Sälipark, wo ich samstags immer einkaufe.

Baby

Als ich kürzlich im Straßencafé saß und Zeitung las, kam eine mir unbekannte Dame mittleren Alters die Hauptgasse hinunter und stellte einen Kinderwagen neben mir ab.

»Herr Capus, könnten Sie kurz auf mein Enkelkind aufpassen? Ich muss hier rasch die Treppe hoch und eine Solothurner Torte besorgen. Das dauert nur eine Minute.«

»Selbstverständlich.«

»Für Sie ist das ja nichts Besonderes. Wo Sie doch so viele Kinder haben.«

»Ja.«

Die Dame war kaum ins Innere des Geschäfts verschwunden, als die Exfrau eines Freundes von mir die Gasse hinaufkam. »Schon wieder ein Kind!«, rief sie. »Hast du eigentlich eine Fabrik zu Hause?«

»Das nun nicht gerade«, sagte ich.

»Ich hatte gar nicht gemerkt, dass deine Frau schwanger war.«

»Das Kind ist nicht von meiner Frau«, sagte ich wahrheitsgemäß.

»Aha«, sagte die Exfrau des Freunds, zog missbilligend die Brauen hoch und ging weiter.

Als nächstes tauchte neben der Stadtbibliothek eine pensionierte Lehrerkollegin meiner Mutter auf. Sie grüßte freundlich, pries das hübsche Baby im Kinderwagen und berichtete, dass sie kürzlich Großmutter geworden sei. »Wissen Sie, was ein Skandal ist? Dass die Krankenkassen jede Abtreibung bezahlen, aber keine künstliche Befruchtung. Viertausend Franken kostet das immerhin. Andrerseits ist das ja auch kein Betrag für so ein hübsches kleines Ding wie dieses hier.«

»Ja«, sagte ich und warf nun selber einen Blick in den Kinderwagen. Das Baby war wirklich sehr hübsch. Es trug ein rosa Kleidchen und schlief.

Die Frau war kaum ihres Weges gegangen, als die Großmutter des Babys mit ihrer Torte zurückkehrte.

»Alles in Ordnung?«

»Bestens«, sagte ich. »Ist das ein Mädchen in dem Wagen?«

»Natürlich, das sehen Sie doch. Alles rosa.«

»Dann könnte ich es vielleicht für ein Jahr oder zwei mit nach Hause nehmen? Meine Frau würde sich freuen. Von dieser Sorte haben wir noch keins.«

Mein französischer Bistrostuhl

*E*s gibt Dinge im Leben, die wird man einfach nicht mehr los. Eines meiner allerersten Möbelstücke in meiner allerersten Wohnung war ein französischer Bistrostuhl mit runder, halbhoher Rückenlehne, den ich in der Oltner Heilsarmee-Brockenstube für zwölf Franken gekauft hatte. Ich finde ihn ganz hübsch und recht bequem, und ich bilde mir gern ein, dass er über hundert Jahre alt sei.

Andrerseits kann man ihn wegen seiner geschwungenen Armlehnen nicht unter den Tisch schieben, weil die Armlehnen zu hoch sind, und beim Reinemachen kann man ihn wegen der runden Armlehnen nicht verkehrtherum auf den Tisch stellen. Kommt hinzu, dass im Sperrholz der Sitzfläche ein böser Spalt klafft. Meinen Jeans und Cordhosen macht das nichts aus, aber wenn sich weniger rustikal gekleidete Menschen drauf setzen, bleiben sie mit ihren Strümpfen und feinen Tüchern hängen.

So entfernte ich also eines Tages den Stuhl aus meiner Junggesellenbude und brachte ihn zurück in die Brockenstube. Dort stand er eine Weile. Ich besuchte ihn gelegentlich, setzte mich auf ihn und dachte an all die schönen Dinge, die ich mit ihm erlebt hatte. Dann war er plötzlich weg, jemand hatte ihn gekauft. Auch gut, dachte ich, das Leben geht weiter.

Einige Zeit später lernte ich eine Frau kennen. Wir bezogen eine gemeinsame Wohnung und bekamen Kinder. Eines Tages kehrte die Frau mit einem hübschen, nur ein klein wenig unpraktischen Stuhl aus der Brockenstube zurück – es war mein französischer Bistrostuhl, ich erkannte ihn sofort am klaffenden Spalt. So stand er wieder an meinem Tisch für ein paar Jahre, wir feierten einige wirklich schöne Feste miteinander; dann siegte doch wieder die Vernunft. Wir brachten ihn zurück in die Brockenstube, wo er wiederum eine Weile umherstand und dann mit unbekannter Destination verschwand.

Vor ein paar Wochen nun unternahm mein erstgeborener Sohn, der jetzt auch schon einundzwanzig Jahre alt ist und vom Vater eine Vorliebe für alten Kram geerbt hat, einen Streifzug durch die Brockenstuben der Stadt. Er kaufte einen alten Medizinball aus Leder, eine Fotografenleuchte aus Aluminium und einen französischen Bistrostuhl, der bis auf einen klaffenden Spalt in der Sitzfläche recht gut erhalten ist.

Ich bin sehr glücklich, dass er wieder da ist. Er gehört mir allein. Wenn ich im Haus bin, untersteht sich niemand, darauf Platz zu nehmen. Vielleicht sollte ich das Sperrholz der Sitzfläche gelegentlich ersetzen lassen. Andrerseits: Wär's dann noch mein Stuhl? Und würde ich ihn beim nächsten Mal in der Brockenstube wiedererkennen?

Kamele und Kokosnüsse

Kürzlich flanierte ich mit meiner Frau Nadja durch Edinburgh, die Hauptstadt Schottlands, die Kinder hatten wir in der Obhut meines Bruders zurückgelassen – und wem begegnen wir mitten in der Princess Street? Meinem Nachbarn Urs von der Elsastraße. Wo immer ich auf der Welt hinkomme, ist einer aus Olten schon da. Am Rheinfall in Schaffhausen, auf dem Pedalo am Comersee, in Venice Beach, Los Angeles, in Wuppertal oder Eindhoven, auf Samoa, in Tirana, Botswana, Daressalam – überall ist schon einer aus Olten da, der winkt und grüßt und sagt: »Was machst du denn hier?«

Nicht, dass mich das stören würde. Ich freue mich, wenn ich Landsleute treffe. Nur manchmal stelle ich mir die Frage, wie es möglich ist, dass eine Kleinstadt von siebzehntausend Einwohnern jederzeit überall auf der Welt ihre Vertreter hat.

Übrigens war das schon vor der Globalisierung so. Ich erinnere mich ans Jahr 1984, als ich mit meinem Freund Guido die Sahara durchquerte und in Tamanrasset einem blau verhüllten Tuareg hoch zu Kamel begegnete. Er deutete mit seinem Krummsäbel auf die Kontrollschilder unserer Motorräder und sagte: »Du Schweiz – du Kanton Solothurn.«

Guido und ich nickten und starrten sehr beeindruckt auf die Säbelspitze.

»Du wo Solothurn?«

Darauf ich, schulterzuckend: »Na, Olten.«

Darauf der Tuareg: »Ah, Olten, ich kenne gut! Ich drei Jahre Baustelle, ich kenne Olten-Hammer, Dancing Tropicana, Coop City …«

Dann hob er grüßend den Säbel und gab seinem Kamel die Sporen.

Man müsste wohl ans andere Ende der Welt fahren, um einen Ort zu finden, an dem man mit einiger Wahrscheinlichkeit keinem begegnete, der einem beim Abendspaziergang zuriefe: »Was machst du denn hier?« Der von Olten aus gesehen entfernteste und schwerstzugängliche Ort ist nach meiner Erfahrung das Königreich Tonga, eine Inselgruppe im Pazifischen Ozean, ungefähr auf halbem Weg zwischen Hawaii und Neuseeland gelegen. Dank Internet und Facebook weiß ich jetzt aber, dass dort seit Jahren meine Oltner Jugendkameradin Monika Strübin steckt. Ich glaube, sie hat gelegentlich ein bisschen Heimweh. Jedenfalls weiß sie Bescheid übers Oltner Wetter und wäre gern bei unserem Schulfest dabei gewesen. Andrerseits beliefert sie uns über Facebook mit verstörenden Nachrichten von ihrer Vulkaninsel. »Hübsches Erdbeben gestern Abend!« schreibt sie zum Beispiel, und wenig später: »Meine Nachbarn streiten wieder und bewerfen einander mit Kokosnüssen.«

Die Welt ist zwar klein, aber sie ist auch groß. Diese Erfahrung machte ich kürzlich, als ich beruflich eine Reise nach Indien unternahm. Jeden Abend rief ich aus New Delhi meine Frau in Olten an, berichtete von meinen Erlebnissen des Tages und ließ mir rapportieren, was es von ihr und den Kindern Neues gab. Am letzten Abend kündigte ich meine Heimkehr an. »Wenn alles fahrplanmäßig läuft«, sagte ich, »bin ich morgen Abend gegen Viertel vor zehn wieder zu Hause.«
»Oltner Zeit oder Delhi-Zeit?«, fragte Nadja.
»Oltner Zeit.«
»Es ist noch Lasagne übrig«, sagte sie. »Soll ich sie dir warm machen?«
»Oh ja, bitte«, sagte ich. »Vom Flugzeugfraß wird man nicht satt.«
Am nächsten Morgen um neun holte mich ein dreirädriges Motorradtaxi im India International Centre ab, wo ich drei Tage gewohnt hatte. Am Eingang standen Soldaten, die vor mir salutierten, das Gewehr präsentierten und »Good Morning, Sir!« brüllten; man erschrickt ein wenig, wenn man das nicht gewohnt ist. Die Fahrt dauerte eine Dreiviertelstunde und führte

durch dichten Berufsverkehr über sechsspurige Straßen, zehnspurige Straßen und achtspurige Straßen.

Das Flughafengebäude von New Delhi war nagelneu und etwa so groß wie Olten.

Mein Flugzeug startete mit einer Stunde Verspätung. Während wir den Fuß des Himalaya überflogen, wurde Chicken Curry serviert. Über Pakistan las ich die Indian Times, über Iran nickte ich ein. Über dem Persischen Meer wachte ich wieder auf.

Beim Umsteigen in Dubai musste ich rennen, die Zeit war knapp. Der Muezzin rief zum Gebet, das klang sehr schön. Es hängen in Arabien jetzt ausgezeichnete Lautsprecher an den Minaretten, es scheppert überhaupt nicht mehr.

Beim Weiterflug über Irak sah ich einen Film mit George Clooney. Über Bagdad schaute ich aus dem Fenster und betrachtete das Lichtermeer. Kurdistan war dunkel, Syrien und Armenien auch. Am Marmarameer glitzerte eine große Stadt, wahrscheinlich Istanbul. Über dem Balkan war es wieder dunkel. Zum Abendessen gab es Lammragout, dann schaute ich einen Film mit Sandra Bullock.

In Zürich landeten wir pünktlich um zwanzig nach acht. Da ich nur Handgepäck hatte, schaffte ich es auf den Neunuhr-Zug. Um halb zehn traf ich in Olten ein, zehn Minuten später war ich zu Hause.

Die Lasagne stand heiß auf dem Tisch.

Nadja war nicht da, ich fand sie im Obergeschoss. Sie hatte nicht auf mich warten können, das Baby musste gestillt werden.

Bei anderer Gelegenheit war ich mit einem pfefferminzgrünen Renault 4 in der Sahara nach Gao unterwegs, als am Horizont zwei Bambara-Bauern auftauchten. Sie wollten auch nach Gao. Zu Fuß. Achthundert Kilometer. Ich hieß sie einsteigen. Ihre langen Wander-, Grab- und Schlagstöcke banden wir aufs Dach.
Beim Losfahren sah ich im Rückspiegel, dass sie verkehrt herum auf der Sitzbank kauerten und aus dem Rückfenster schauten. Ziemlich unbequem sah das aus. Ich sagte He und Hallo und machte, da ich nicht Bambara spreche, mit senkrecht gerecktem Zeigefinger kreiselnde Rechtsum-Bewegungen. Als das nichts half, hielt ich an, stieg hinten ein und demonstrierte den beiden, die offenbar noch nie in einem Auto gesessen hatten, die korrekte Nutzung eines Rücksitzes. Ich streckte die Beine, ließ einen Arm über die Lehne baumeln und den Kopf in die Nackenstütze fallen. Dann machte ich Aahhh!, um meinem Wohlbefinden Ausdruck zu verleihen.
Die zwei Bambara-Bauern beobachteten mich stirnrunzelnd. Sie berieten sich wortlos mit ernsten Blicken und kleinen Grimassen, dann wandten sie sich wieder mir zu und schüttelten die Köpfe.

»Wieso nicht?«, fragte ich.

»Schau, ich will es dir erklären«, bedeutete mir der Ältere wortlos mit knappen Gesten und Gebärden. »Dieses Auto hat zwei Fenster, eines vorne und eines hinten. Richtig?«

»Richtig«, sagte ich und beschloss, die Seitenfenster aus dem Spiel zu lassen, um die Angelegenheit nicht weiter zu komplizieren.

»Die Fenster sind zum Rausgucken, oder etwa nicht?«

»Richtig«, sagte ich.

»Du sitzt vorne und schaust zum vorderen Fenster raus.«

»Richtig.«

»Mein Freund und ich sitzen hinten. Wo also sollen wir, wenn du logisch überlegst, rausgucken?«

»Ich verstehe.«

»Wieso sollen wir nicht hinten rausgucken? Du guckst doch auch vorne raus.«

»Ich habe doch gesagt, dass ich verstehe.«

»Weshalb willst du, dass wir nach vorne gucken? Da sehen wir nur die hässliche Rückseite der Vordersitze. Und den Rückspiegel. Und deinen Hinterkopf. Nichts gegen deinen Hinterkopf. Aber nach hinten haben wir freie Sicht durch das Heckfenster, da können wir die ganze Welt sehen.«

»Ist ja gut«, sagte ich.

»Diese Autos sind verkehrt konstruiert«, sagte er. »Die

Hintersitze müssten andersrum eingebaut werden. So, dass man hinten rausgucken kann.«

»Dass da in hundert Jahren Automobilbau keiner draufgekommen ist«, sagte ich.

Wir stiegen ein und fuhren weiter. Meine zwei Fahrgäste kauerten während der ganzen Fahrt rückwärts auf der Bank und schauten aus dem Heckfenster. Über achthundert Kilometer.

Vom Sirren der Gleise

Mein Großvater war Polizeichemiker am Quai des Orfèvres in Paris. Als ich ihn kennen lernte, war er schon in Pension und verbrachte die Sommermonate mit den Frauen und Kindern unserer Familie in der Normandie, während die berufstätigen Männer wochentags in der Stadt arbeiteten. Wir wohnten auf halbem Weg zwischen Le Mans und Caën in einem ehemaligen Bauernhaus, das eine angeheiratete Tante in die Familie eingebracht hatte.

Das Haus war umgeben von Rinderweiden und Apfelbäumen, soweit das Auge reichte. Das Wasser holten wir am Brunnen. Toilette gab es keine, nur stille Orte hinter Hecken, Bäumen und Büschen, die man, je länger der Sommer dauerte, mit immer größerer Umsicht aufsuchen musste.

Vor dem Haus gab es einen großen gekiesten Vorplatz, der jeden Freitagabend freudig knirschte, wenn die Väter mit ihren Autos aus Paris zurückkehrten. Übers Wochenende standen die Autos still. Erst am Sonntagnachmittag, wenn die Väter zurück in die Stadt fuhren, knirschte der Kies erneut.

Am Ende des Vorplatzes gab es ein hölzernes Gatter, dessen grüne Farbe ständig abblätterte, obwohl – oder weil – Großvater es jeden Sommer neu strich. Es bereitete mir Vergnügen, möglichst große Stücke der grünen Farbe abzuklauben, die so eigentümlich elastisch und doch so spröde war. Man musste aufpassen, dass einem kein Splitter unter den Fingernagel fuhr. Großvater hatte nichts dagegen, dass ich am Gatter herumklaubte. Wenn die Farbe meinen Kinderfingern nicht mehr widerstand, war es sowieso Zeit für einen neuen Anstrich.

Vor dem Gatter gab es einen Feldweg, der beidseits von Hasel- und Brombeerhecken gesäumt war. Einen Steinwurf entfernt führte er unter einer genieteten Stahlbrücke hindurch, über die vier Mal täglich ein Zug fuhr. Morgens ein Zug von links nach rechts und einer von rechts nach links, und nachmittags ebenfalls.

Erst hörte man einen langgezogenen Pfiff, dann den Dieselmotor, dann das Rattern der Räder. Wir Kinder kletterten das grüne Gatter hoch und winkten, dann pfiff der Zug noch mal, bevor er hinter den Bäumen verschwand. Er war gelb und sah aus wie ein Omnibus auf Schienen. Wenn er viele Fahrgäste hatte, war manchmal ein zweiter Omnibus angehängt. Ich glaube bis heute, dass der Lokführer eigens für uns pfiff. Es gab weit und breit kein zweites Haus und keinen Bahnübergang. Für wen hätte er sonst pfeifen sollen?

Manchmal nahm Großvater mich bei der Hand und ging mit mir spazieren. Ich glaube, dass ich sein Lieblingsenkel war, denn ich habe nie bemerkt, dass er mit einem meiner Brüder, einem Cousin oder einer Cousine spazieren gegangen wäre. Vielleicht täusche ich mich. Vielleicht glauben meine Brüder, Cousins und Cousinen ebenfalls, sie seien sein Liebling gewesen.

Großvater und ich absolvierten stets den gleichen Parcours: Auf dem Feldweg hinunter zur Eisenbahnbrücke, dann links durchs Wäldchen bis zur nächsten Kreuzung, dort noch mal links und dann noch mal links bis zu unserer Nachbarin, der Witwe Fleurie, die einen böse bellenden Hund an der Kette und ein großes Fass Cidre in der Scheune hatte. Sie roch eigentümlich und rollte das R vorne mit der Zungenspitze. Wenn sie Besuch bekam, ging sie mit einem Krug in die Scheune und holte Cidre. Auch mir wurde eingeschenkt, ich musste aber, während Großvater sich mit ihr unterhielt, still am Küchentisch sitzen. Das blaugelbe Blümchenmuster des Wachstuchs ist mir unvergessen.

Wenn wir unseren Spaziergang dann fortsetzten, war Großvater wieder ganz bei mir. Er erklärte mir die Funktionsweise meiner Schwefelhölzer oder meiner Taschenlampe oder weshalb es braunen Rauch gibt, wenn man feuchtes Laub verbrennt. Er pflückte mir Himbeeren, Brombeeren oder Haselnüsse aus der Hecke, und er führte mich zum rostigen Autowrack auf der Kuhweide, auf dessen Rücksitz junge Birken wuchsen. Das Steuerrad saß fest, aber zwei oder drei Kippschalter ließen sich noch umlegen.

Im Wald führte unser Weg an der Bahnlinie entlang. Wenn das Wetter gut und der Schotter trocken war, reckte Großvater seinen tabakgelben Schnurrbart, als würde er Witterung aufnehmen, schaute links und rechts die Schiene entlang, ging auf die Knie und legte sein rechtes Ohr auf den Stahl, um zu lauschen, ob ein Zug nahe.

Das beeindruckte mich jedes Mal schwer. Meines Großvaters weiches, haariges Ohr auf der kalten, harten Schiene, sein verletzlicher, zerbrechlicher Kopf an der Stelle, an der gleich messerscharf die stählernen Räder vorbeizischen würden. Und dann schaute er zwinkernd zu mir hoch und forderte mich auf, es ihm gleich zu tun. Erst nach vielen Spaziergängen fand ich den Mut, mein Ohr für eine Sekunde auf diese Guillotine zu legen; beim nächsten Mal harrte ich ein wenig länger aus und beim übernächsten noch länger, und dann kam der Tag, an dem ich erstmals das leise Sirren eines nahenden Zugs vernahm.

Erst war es kaum zu hören. Ich wollte wegrennen, aber Großvater hielt mich an der Schulter fest. Dann wurde das Sirren lauter, Großvater schaute mich unter buschigen Brauen vergnügt an; erst als es zu einem Kreischen angeschwollen war, ließ er mich los. Er rappelte sich ächzend auf und trat ein paar Schritte zurück, und dann standen wir Hand in Hand nebeneinander und starrten auf die Stelle, an der eben noch unsere Köpfe gelegen hatten und jetzt Tod und Vernichtung bringend die runden Richtschwerter rotierten.

Das war Mitte der Sechzigerjahre des Zwanzigsten Jahrhunderts, als die Landflucht schon weit fortgeschritten war und das Automobil seinen Siegeszug längst angetreten hatte. Heute fährt die kleine Bahn nicht mehr, die Schiene wurde abgebaut, und auf der Trasse wachsen Bäume. Das Bauernhaus hat mein Vater verkauft. Die Sommerferien verbringt unsere Familie nicht mehr gemeinsam in der Normandie, sondern in alle Winde verstreut.

Ich selbst bleibe während der schönen Jahreszeit am liebsten zu Hause. An heißen Tagen gehe ich gern mit meinen Söhnen spazieren. Hinter dem Bahnhof im alten Industriequartier gibt es ausgediente Gleise, zwischen denen man allerlei Eisenzeug findet. Dort kann man gefahrlos das Ohr an die Schiene halten, allerdings ist da kein Sirren zu hören. Am Hauptbahnhof würde man es wohl hören, aber dort brausen in dichter Folge Intercity-Züge vorbei.

Manchmal habe ich den Wunsch, meinen Söhnen das Sirren der Gleise nahezubringen. In Trimbach an der alten Hauenstein-Strecke könnten wir's versuchen, dort fahren pro Stunde nur zwei Züge, je einer in beide

Richtungen. Ich könnte vorher den Fahrplan studieren, dann wäre die Sache einigermaßen gefahrlos. Aber ich getraue mich nicht. Was weiß ich denn, ob nicht plötzlich ein Extrazug kommt, eine Dampflok mit Hochzeitsgästen oder ein Gefahrengütertransport, dem die Durchfahrt durch den Basistunnel verboten ist. Ohne meinen Großvater getraue ich mich nicht.

Bald werde ich selber Großvater sein und mit meinen Enkeln spazieren gehen, aber wenn's darum geht, das Ohr auf eine Eisenbahnschiene zu legen, fehlt mir mein Großvater, der vor einem Vierteljahrhundert gestorben ist. Andrerseits ist es ungewiss, ob er sein Kunststück jetzt noch wagen würde. Die Züge fahren verdammt schnell heutzutage, und sie sind verdammt leise geworden. Wer weiß, ob die Gleise überhaupt noch sirren.

Mein Ausflug
mit Prinz Charles

Mein Nachbar Urs sammelt Berühmtheiten, die in Olten vorbeigekommen sind. Er behauptet zum Beispiel, Wladimir Iljitsch Ulianov habe im November 1916 an der Elsastraße bei zwei kommunistischen Bahnarbeitern übernachtet, als er für eine geheime Unterredung mit Arbeiterführer Robert Grimm nach Olten ins Restaurant Gambrinus kam. Ich habe das zu überprüfen versucht. Zwar wohnten 1916 an der Elsastraße gemäß Einwohnerregister tatsächlich zwei Angestellte der Schweizerischen Bundesbahnen, aber für einen Besuch Lenins habe ich nirgends den geringsten Hinweis gefunden. Das glaube er gern, sagte darauf Urs, das Treffen mit Grimm sei ja eben geheim gewesen.

Bei anderer Gelegenheit gab Urs zum Besten, Bertold Brecht habe eine Nacht im Hotel Bornhof verbracht und am nächsten Morgen in seinem Notizbuch festgehalten, Olten sei »ein trostloser Ort«. Da ich diesem Urteil an manchen Tagen von Herzen zustimme, machte ich mich auf die Suche nach einem schriftlichen Beleg für das Zitat. Weil Brechts Tagebücher in Olten nicht greifbar sind, wandte ich mich an einen führenden Brecht-Experten in Berlin. Dieser teilte mir aber zu meinem Bedauern mit, dass die Schweizer Kleinstadt Olten in Brechts gesamtem Werk und Nachlass kein einziges Mal Erwähnung finde. Und als ich nachfragte, ob er sicher sei, sagte er: Jawohl. Ganz sicher.

So nahm ich es auch mit einiger Vorsicht auf, als mein Nachbar Urs mit der Behauptung ankam, Friedrich Nietzsche habe während seiner Basler Zeit die Wochenenden gern im Oltner Berggasthaus Froburg verbracht; und als er auch noch verkündete, der Archäologe Heinrich Schliemann habe ungefähr zur gleichen Zeit auf seinem Weg von Paris nach Troja im Oltner Pfarrhaus Sankt Martin übernachtet, wettete ich um zwei Pizze dagegen – eine Pizza gegen Nietzsche und eine gegen Schliemann. Zu meinem neuerlichen Bedauern verlor ich jene Pizza betreffend Nietzsche, denn tatsächlich findet sich dessen Unterschrift mehrfach im Gästebuch des Berggasthauses Froburg.
Hingegen gewann ich die Pizza um Heinrich Schliemann; denn erstens gab es die heutige Sankt-Martins-Kirche zur fraglichen Zeit noch gar nicht, weshalb zweitens damals im heutigen Pfarrhaus der Oltner Arzt Eugen Munzinger eine Praxis führte. Drittens verhält es sich deshalb so, dass nicht der berühmte Archäologe beim

Oltner Arzt zu Besuch war, sondern umgekehrt der Arzt beim Archäologen. Eugen Munzinger hatte nämlich im Frühling 1888 eine Griechenlandreise unternommen und war von Schliemann in Athen zum Frühstück »auf Mittwoch 12 Uhr« in dessen Villa eingeladen worden. Das belegt eine Visitenkarte Heinrich Schliemanns, die im Historischen Museum der Stadt Olten ruht.

»Du und deine Munzingers«, sagte Urs. »Was hast du nur mit denen?«
»Die Familie ist mir ein steter Quell der Freude«, sagte ich. »Und was die Pizze betrifft, sind wir jetzt quitt. Dieser Eugen Munzinger war übrigens ein Neffe des Bundespräsidenten und ein Cousin des Afrikaforschers, falls dich das interessiert.«
»Wir sind überhaupt nicht quitt«, sagte Urs.
»Wieso nicht?«
»Weil man gewonnene Pizze nicht überkreuz wegkürzen kann. wir sind doch hier nicht im Mathematikunterricht.«
»Verstehe. Was machen wir dann?«
»Wir gehen Pizze essen. Vier Stück.«

Während des Essens war Urs ungewöhnlich wortkarg. Es wurmte ihn, dass er Heinrich Schliemann aus seiner Sammlung berühmter Oltner Besucher streichen musste.

»Was du nur immer mit deinen Berühmtheiten hast«, sagte ich, nachdem wir die zweite Runde Pizza bestellt hatten.

»Spaß habe ich mit denen«, sagte Urs. »Die haben Spuren hinterlassen. Wie Kometen beim Eintritt in die Erdatmosphäre.«

»Kometen?«, sagte ich. »Während wir gewöhnlichen Sterblichen unerkannt unsere Bahnen ziehen in ewiger Nacht, von der Wiege bis zur Bahre?«

»Genau.«

»So einen elitären Quark hätte ich dir gar nicht zugetraut.«

»Meine Vorfahren waren Fuhrknechte und Bauersmägde«, sagte Urs. »Die haben sich nie in Gästebüchern eingetragen und auch sonst keine Spur hinterlassen. Jene von Nietzsche und Schliemann hingegen leuchten bis heute.«

»Aber tot sind auch sie.«

»Ich sammle Kometen, die in Olten vorbeigekommen sind«, sagte Urs. »Manchmal scheint mir, als ob jeder Mensch, der jemals gelebt hat, in Olten vorbeigekommen sei.«

»Und das glaubst du?«

»Mir gefällt der Gedanke. Wie jener, dass alle Menschen um zwei oder drei Ecken miteinander bekannt sind.«

»Ach, das.«

»Ja.«

»Davon kann ich mir nichts kaufen, wenn ich einen kenne, der einen kennt, der George Clooney kennt.«

»Kennst du einen?«

»Ich kenne Prinz Charles. Der wird wohl einen kennen, der einen kennt, der George Clooney kennt.«

»Du kennst Prinz Charles?«

»Ja. Und du kennst einen, der Prinz Charles kennt.«

»Du? Prinz Charles?«

»Netter Kerl. Bisschen verrückt.«

»Prinz Charles?«

»Ich habe mit ihm Bio-Käse gegessen.«

»Du? Mit Charles? In Olten?«

»Im Berner Oberland.«

»Das glaube ich nicht. Erzähl.«

»Dann nicht.«

»Erzähl. Du und Charles?«

»Also gut, hör zu«, hob ich an. »Es begab sich am 2. November des Jahres 2000, als ich freier Reporter für die Schweizerische Depeschenagentur war und den Auftrag hatte, eine Reportage über den Staatsbesuch von Prinz Charles in der Schweiz zu schreiben. An jenem Tag hingen schwer und traurig schwarze Regenwolken über dem Flughafen Bern-Belpmoos. Wir standen am Rand des Rollfelds, säuberlich aufgereiht entlang des roten Teppichs, der zur schwarzen Limousine führte, und schauten in den Himmel. Prinz Charles hatte schon eine halbe Stunde Verspätung. Am vorderen Ende des Teppichs stand seit fünfunddreißig Minuten Adolf Ogi, Präsident der Schweizerischen Eidgenossenschaft. Beidseits des Teppichs aufgereiht waren vierundzwanzig Artilleriegrenadiere, die größten beim Bundespräsidenten, die kleinsten bei der Limousine. Hinter der Absperrung rangelten Journalisten und Fotografen um die besten Plätze, argwöhnisch beobachtet von Männern mit Nilpferdkörpern in schwarzen Ledermänteln. Noch hatte es nicht zu regnen begonnen. Aber die Schirme waren griffbereit.

Dann kam der Prinz. Das Flugzeug mit den königlichen Insignien auf der Heckflosse hatte auf neuntausend Metern Reisehöhe, wo fast immer die Sonne scheint, den Sinkflug eingeleitet und sich durch die Wolken fallen lassen, dann sanft auf dem Rollfeld aufgesetzt und war akkurat vor dem roten Teppich zum Stillstand gekommen. Vier Männer in orangen Overalls schoben eine Treppe zum Heck. Die Tür ging auf, und heraus trat der Prinz von Wales, Thronfolger des Vereinigten Königreichs, Duke of Cornwall und Duke of Rothesay, Earl of Carrick, Baron Renfrew, Lord of the Isles, Prinz und Great Steward von Schottland und Earl of Chester, vornehmster Spross des Geschlechts der Windsor, das eigentlich Sachsen-Coburg-Gotha heißt, jedoch während des Ersten Weltkriegs den Namen ändern musste, um seine deutschen Wurzeln zu verwischen, inspiriert übrigens vom Sommerschloss Windsor Castle, das neunhundert Jahre zuvor erbaut worden war von Wilhelm dem Eroberer, der 1066 mit einem normannischen Heer in Sussex gelandet war, um sich in Winchester zu krönen und das ganze Land zu unterwerfen. Prinz Charles also stand zuoberst auf der Treppe in seinem rehbraunen Kaschmirmantel und schien zu zögern, ob er den Abstieg wirklich wagen sollte. In seiner Haltung lag große Müdigkeit, in der grüßenden Bewegung der rechten Hand eine freundliche Bitte um Nachsicht, und die Stirn hatte er sorgenvoll in Falten gelegt. Oder waren es Kummerfalten?

Es gab kein Zurück mehr für ihn, er musste die Treppe hinuntersteigen. Unten auf dem roten Teppich wartete Bundespräsident Adolf Ogi, und hinter dem Prinzen erschien, den schwarzen Eingang gänzlich ausfüllend, ein weiß uniformierter Operettenadmiral, groß und stramm und schön und über und über goldbetresst. Das war der Adjutant des Prinzen, dessen vornehmste Aufgabe darin bestand, ihrer königlichen Hoheit das persönliche, schwarzrotweißgrün karierte Sitzkissen auf Schritt und Tritt hinterherzutragen.

Am Fuß der Treppe angelangt, schüttelte Charles dem Bundespräsidenten die Hand. Da standen sie nun beieinander, die zwei gegensätzlichen Männer: Der eine ein golfspielender Ausbund an Lebensglück und ungekrönter König eines republikanischen Volkes, das ihn liebte und drei Wochen später nur ungern in den selbst gewählten Ruhestand entlassen würde; der andere fleischgewordene Kümmernis, vom Volk verachtet und von der Presse verhöhnt, ein leidlicher Polospieler, skandalgebeutelter Witwer und königlicher Ungekrönter, der schon ewig nach dem Thron strebte und ihn wohl niemals besteigen würde. Der Bundespräsident nahm den Prinzen am Arm und führte ihn sachte, fast väterlich, über den roten Teppich, vorbei an den Artilleriegrenadieren, die ihre Gewehre präsentierten und so stramm standen, wie das Schweizer Soldaten nun mal können. Der Thronfolger betrachtete sie mit höflichem Desinteresse, was der Bundespräsident zum Anlass nahm, einem Soldaten die Waffe abzunehmen und dem Gast das Sturmgewehr 90 zu erklären. Während Adolf Ogi mit bubenhafter Freude klickend und klackend metallene Hebel umlegte, betrachtete Charles Windsor, Admiral der Royal Navy und Generalmajor der Armee, Vizemarschall der Luftwaffe und ein erfahrener Kampfjet- und Helikopterpilot, das mattschwarze Gerät mit mädchenhafter Scheu und verschränkte die Hände hinter dem Rücken, um die Waffe nicht anfassen zu müssen; vermutlich wünschte er sich in diesem Augenblick, daheim auf seinem Bio-Bauerngut Highgrove in Gloucestershire zu sein. Als das Gewehr zurück an den Soldaten ging, war er sichtlich erleichtert. Unterdessen war der Operettenadmiral zur Limousine geeilt und hatte das königliche Sitzkissen im Fonds der

Limousine bereitgelegt. Gleichzeitig waren dem Flugzeug fünfundzwanzig Männer entstiegen, die alle aussahen wie Phil Collins: zu enge Anzüge, Stirnglatzen, schmale Lippen und stark entwickelte Kaumuskeln, die auf mühsam unterdrückten Jähzorn schließen ließen. Das waren die Reporter der Yellow Press, die den Prinzen überall hin auf der Welt begleiteten, und zwar stets in dessen Maschine mit Dauererlaubnis ihres königlichen Wirts. Sie liefen mit ihren Kameras und ihren Taschen hinter den Grenadieren vorbei und stritten an der Absperrung mit den Schweizer Reportern um die besten Plätze. Die Schweizer zogen den Kürzeren.

Als der Prinz und der Bundespräsident auf die Limousine zugingen, schrien die Fotografen und riefen und bettelten um einen kurzen Blick ins Objektiv; der Bundespräsident winkte fröhlich, aber der Prinz beachtete sie nicht. Die beiden stiegen in die Limousine, dann fuhren sie los. Wir Zurückgebliebenen wurden in weiße Mitsubishi-Busse getrieben, wo wir dann beieinandersaßen – die Reporter, die Beamten der Schweizer Bundeskanzlei und der britischen Botschaft in Bern zusammen mit dem Operettenadmiral, dem Leibarzt des Prinzen und dem Leibkünstler des Prinzen, der die Begrüßungsszene in einer raschen Kohleskizze festhielt, kaum dass er neben dem Fahrer Platz genommen hatte.

Die Fahrt ging ins Berner Oberland. Ich hatte einen Fensterplatz, neben mir sass einer von den englischen

Reportern. Er hiess Bob und arbeitete für den Daily Mirror.

»How do you do«, sagte er.

»How do you do«, sagte ich.

»What are you going to write about all this?«

»I have no idea«, antwortete ich. »What do you usually write?«

»Well, I basically write a story about the prince of Wales every day«, sagte er. Dann erzählte er mir die Geschichte, die er am Vortag geschrieben hatte, als Charles auf Staatsbesuch in Budapest gewesen war. Dort war es geschehen, dass dem Prinzen jene typisch britische Fertigsauce ausging, die er sich täglich mehrmals aufs Sandwich zu schmieren pflegte. Um den Engpass schnellstmöglich zu beheben, hatte sein Adjutant, der Operettenadmiral, nach London telefoniert, worauf ein Diener aus dem Buckingham-Palast gestürmt war, um im nächsten Quartierladen eine Plastikflasche Fertigsauce zu kaufen und diese als Diplomatenpost mit der nächsten Maschine nach Budapest zu spedieren.

Ich war erschüttert. »Is this a true story, Bob?«

Bob nickte. »True story, Al.«

Auf dem kurvigen Weg ins Kandertal verloren wir die Limousine aus den Augen, aber der Fahrer wusste Bescheid. In einem Dorf namens Reichenbach bog er links von der Hauptstraße ab, fuhr in langen Schleifen die östliche Bergflanke hoch und hielt vor einem schmucken Kandertaler Bauernhof: robustes Wintergemüse im Garten, blendend weiße Leghorn im Hühnerhof, ein schindelgedecktes Dach und Prinz Charles auf dem laubsägeverzierten Balkon. Der Bundespräsident war nicht zu sehen.

Zehn Minuten später stieg der Bauer mit seiner Frau, dem Sohn und der Tochter hügelan, um Charles und dem Bundespräsidenten den Kuhstall zu zeigen und ein Käsebuffet zu kredenzen. Dort kam es unerwartet zu einer intimen Begegnung zwischen dem Prinzen und mir. Die Sache war die, dass im engen Kuhstall für die Pressemeute kein Platz war, alle Reporter mussten unten auf dem Vorplatz warten. Ein rotweißes »Do not cross«-Band war über die grüne Wiese gespannt, zwei Nilpferdmänner bewachten es. Nur der Keystone-Fotograf und ich als einziger Reporter durften mit hinauf in den Kuhstall; die Abmachung war die, dass unsere Bilder und Texte über die Agenturen allen Reportern und Redaktionen zur Verfügung gestellt würden. So kam es, dass ich hautnah dabei sein durfte, als Charles Windsor auf tausend Metern über dem Meer biologischen Hobelkäse degustierte und diesen sehr lobte, und ich wurde Augenzeuge, wie er das exzellente Bündner Trockenfleisch ohne Angabe von Gründen verschmähte. Ich durfte miterleben, wie er mit gebleckten Zähnen extrem rezenten Ziegenkäse kostete und den angebissenen Happen diskret zurück aufs Buffet legte, und ich durfte mit anhören, wie er den biologischen Genfer Weißwein höflich ablehnte und um eine Tasse Earl Grey bat.

Es wurde auch Konversation betrieben. Auf die Frage des Prinzen, wie denn aus diesem Stall der Kuhmist entfernt werde, antwortete der Bundespräsident, dieses Problem stelle sich bei Simmentaler Fleckvieh nicht; dieses komme zwar zum Fressen in den Stall – »but for the other thing they go outside«. Der Prinz war amused. All das fand statt in der friedlich dampfenden Wärme des Viehs und in schon fast weihnachtlicher Andacht. Ich versank in der Betrachtung meiner zwei ungekrönten Könige, empfand Wohlbefinden und Zuneigung zum Menschengeschlecht – da gewahrte ich, dass mich der Prinz prüfend betrachtete. Ich wusste, was er sah: einen schüchternen Reporter. Reporter sollten nicht schüchtern sein, diese Charaktereigenschaft ist bei der Ausübung des Berufs nicht förderlich. Der Prinz lächelte. Dann sprach er mich an.
»What media are you writing for?«
»Swiss news agency, your royal highness.«
»Oh, that's politics, isn't it?«
»Yes, your royal highness.«
Der Prinz lächelte und nickte mir zu, dann nahm er einen weiteren Happen vom Käsebuffet. Ich ließ mir das

Weißweinglas auffüllen und floh in die entgegengesetzte Ecke.

Bald war die geplante halbe Stunde vorüber, es war Zeit zu gehen. Zum Abschied musizierte der Bauer auf dem Schwyzerörgeli. Der Sohn begleitete ihn auf dem Kontrabass. Die Tochter jodelte. Das Fleckvieh muhte. Wir liefen über die Wiese hinunter zur Limousine und den Mitsubishi-Bussen, dann trennten sich meine und des Prinzen Wege.

In den folgenden Stunden sah ich Charles Windsor nicht. Mein Mitsubishi-Bus fuhr hinter der Limousine das Kandertal hoch bis nach Kandersteg, der Heimat des Bundespräsidenten. Dort besuchte der Prinz ein Käsespezialitätengeschäft sowie einen biologischen Kräutergarten für Ricola-Bonbons, und der Männerchor sang Volkslieder. Dann ging man zum Mittagessen in die Stammkneipe des Bundespräsidenten. Er und der Prinz saßen im kleinen Saal im Obergeschoss, wir anderen nahmen im Erdgeschoss Platz. Hin und wieder hörten wir die Diele knarren von den königlichen Schritten.

Nach dem Kaffee blieben noch drei Stunden bis zur Abreise des Prinzen, die für 17 Uhr vorgesehen war. Laut Programm würde der Bundespräsident den Prinzen nun zur Neat-Baustelle Mitholz führen, um ihm den Bau eines siebzehn Kilometer langen Eisenbahntunnels vorzuführen. Und weil es auf dem Programm stand, war es unausweichlich. Dem Prinzen wurde gelbes Ölzeug übergestreift, ein Paar Gummistiefel aufgenötigt und ein gelber, zu kleiner Schutzhelm auf den Schädel gestülpt, und dann nahm ihn der Bundespräsident am Ellbogen und führte ihn tief hinein in den Berg. Wir Reporter hinterher, ebenfalls mit Ölzeug, Gummistiefeln und gelben Helmen.

Wir liefen durch Hallen, Stollen und Kavernen, die nicht eng und schmal waren, sondern weitläufig durch massiven Fels gotisch himmelan strebten; wir liefen vorbei an Förderbändern und Geröllhalden und Frischluftröhren, und schließlich standen wir vor dem Moloch: der großen Bohrmaschine, die Sprenglöcher in den Fels trieb. Zuvorderst stand der Prinz, Liebhaber schottischer Moorlandschaften, leidenschaftlicher Fischer und Förderer junger Musiker, Präsident von dreihundert wohltätigen Organisationen, Befürworter einer sozialverträglichen Ökonomie und menschengerechter Architektur – ganz zuvorderst stand er im Lärm, in der Hitze und im Ammoniakgeruch des Sprengstoffs. Und litt.

Da geschah es, dass mich einer der Nilpferdmänner nach vorne scheuchte. Ich hatte mich in der Nähe eines Lastwagenrads aufgehalten, was offenbar gegen eine Vorschrift verstieß. Dabei unterlief dem Nilpferdmann der Fehler, dass er mich an der linken Seite der Bohrmaschine nach vorne trieb; das aber war die Seite, die dem

Prinzen und dem Bundespräsidenten vorbehalten war. Die Reporter hatten auf der rechten Seite zu bleiben.

Es war mir sehr peinlich, mich schon wieder dem Prinzen zu nähern, zumal auf nicht autorisierte Weise. Ich lehnte mich gegen die Tunnelwand und versuchte kein Aufsehen zu erregen. Die Bohrmaschine war schrecklich schön anzuschauen. Da drehte sich Charles Windsor nach mir um, gab mit einem Nicken zu verstehen, dass er mich wiedererkannte, und sprach:

»It's rather noisy, isn't it?« Sein rechtes Auge tränte ein wenig, wahrscheinlich vom Staub.

»Quite noisy indeed, your royal highness«, gab ich zur Antwort.

»I think we should try to get some fresh air.«

»I'm afraid there's no window we could open, your royal highness.«

Der Prinz lächelte. »Let's go, then«, sagte er und wandte sich zum Gehen.

Ich presste mich gegen die Tunnelwand, um ihn passieren zu lassen, dann trollte ich mich auf die andere Seite der Bohrmaschine zu den Reportern. Und von diesem Augenblick an spielte sich alles, was bisher geschehen war, rückwärts ab. Wir kehrten zurück zum Tunnelausgang und stiegen wiederum in die Mitsubishi-Busse und die Limousine, die uns zurück zum Flughafen Belpmoos brachten, wo die Ehrengarde und das königliche Flugzeug noch immer bereit standen. Charles Windsor schritt wiederum über den roten Teppich, stieg die Treppe hoch und verschwand im Flugzeug, das kurz darauf abhob und durch die dunkle Wolkendecke in den Abendhimmel verschwand.«

*

Mein Nachbar Urs war tief beeindruckt. Er hatte seine zweite Pizza aufgegessen, meine lag noch zur Hälfte auf dem Teller.
»Einfach durch die Wolkendecke verschwunden?«
»Einfach so. Wie ein Komet.«
»Da kannst du mal sehen.«
»Ja. Ich bin auch mit Bryan Ferry bekannt. Habe ich dir das schon mal erzählt?«
»Nein.«
»Es geschah im ORF-Studio in Wien. Ich saß gerade in der Maske und ließ mich schminken …«
»Lass uns erst Kaffee bestellen«, sagte Urs. »Und einen Grappa.«